沉月之鑰

水泉——著 竹官——繪

愛藏版・第一部・卷八

Content

〈幻世景點採訪遊記〉

幻世景點採訪遊記

范統的事前記述

我在剛到幻世的時候，就已經知道了「侍」這個職位。那個時候，我只覺得喔喔喔反正就是一人之下萬人之上的位置，然後這個位置安置了五個人嘛——

用這麼粗淺甚至是膚淺的認知來理解侍，到底有沒有問題……由於我一直覺得我應該永遠都是個無關緊要的小老百姓，自然會覺得這樣子就可以了。

於是，在從來沒搞清楚侍的具體工作的情況下，時間一天又一天地過去，我又在機緣巧合下成了更加不知所以然的「代理侍」。而且在初上任的這段時間，我覺得自己甚至還只是個「見習代理侍」。珞侍好像對我沒有太高的要求，大概覺得身為新生居民的我時間很多可以慢慢學習，學個十幾二十年也不遲……

我說笑的，他不可能真的這樣想吧！不可能啊！人選出來自然會希望對方快點進入狀況，這樣薪水才發得有意義不是嗎！還是我什麼時候才能成為一個獨當一面的代理侍這件事，真的只有我一個人在意？

我是在過年前正式就任的，那段時間的忙碌狀態，不是正常狀況。我也在到處被叫去幫忙的情況下多少學習了點東西，不過，他們找我幫忙的事情都只是些頭腦清楚的人就能做的事。

忙完以後，我便再度不曉得代理侍的正職工作到底是什麼了。

只要有我能做的事情，我當然還是樂於幫忙。雖然我也很想躺著領薪水啊——位高權重責任輕，錢多事少離家近，這不是許許多多人上班的夢想嗎？我也包含在那許許多多人之中啊！

然而當你的頂頭上司是你的朋友時，這樣偷懶好像有點不仁不義。況且我一點也不想被劃分成音侍大人那種侍！無論如何都不想！

身為史上第一個新生居民身分的高官，大家審視我的眼光一定會特別嚴苛吧？做得不好、做得不用心只怕就會有「這傢伙憑什麼啊」、「真的有為國奉獻的覺悟嗎」、「如果像綾侍大人那麼美還可以理解憑什麼，但偏偏橫看豎看都是個普通人啊」之類的聲音傳出來吧！反正就是一定得做點什麼才行，我在接受任命的時候，也早就有心理準備啦！

可是到底有什麼我能做的事情呢？

當我還在煩惱自己能做的事情時，米重那個傢伙就登門造訪了。

『代理侍大人，恭喜就任，小的沒什麼特別的意思，只是存著一片好意，來給您送送微薄的賀禮啊——』

這難道是傳說中的賄賂嗎？官、官商勾結的第一步？我好的不學就先學壞的誤入歧途？這怎麼可以呢！

『你來找我一定有好事情，無論你送的是什麼我都要收，送上來吧。』

我是說你找我一定沒好事，送什麼我都不收，快拿回去啊！詛咒真是惹人生氣，而且米重一定又會故意裝作聽不出是反話吧？

『您如此賞臉真是讓小的受寵若驚，其實只是個小小的印章罷了，不管是私印還是官印，總是用得著的嘛，祝您工作順心一切順利，小的可是辛苦挑了很久呢。』

印章？

這禮物跟我想的倒是不太一樣，收個印章應該沒什麼問題。雖然官印都是統一發的，但私印的確還沒刻，所以我就伸手接了過來、看了一眼。

……

噢，黃金萬兩是吧，還真直白。好吧，錢總是不嫌多的，雖然被人看到應該會被嘲笑，但也還過得去啦……

在我因為印章筒上的字心情複雜時，米重又熱心地補了一句話。

『印章在裡面，您有空可以自己打開來看看，小的就先退下了。』

『噢，好啊，再也不見。』

如果可以的話，我其實很希望這句反話成真。但大家都住在東方城，再也不見實在不太可能，這也令我有點哀愁。

等到米重離開，我便轉開印章筒取了印章出來，不過，才一取出我就愣住了。

黃金萬兩裡面裝的為什麼不是黃金萬兩啦！

你比我還需要所以你自己把雕了黃金萬兩的章拿走了嗎！什麼不好刻，居然給我在上面刻步步高升！我分明步步驚心吧！就算給我個富貴平安也好啊，我超需要平安的，米重你一定是故意的吧！

『步步高升個鬼啦！舊生居民的代理侍成天帶著步步低降的印章，是何居心！侍的上面不就只有國奴嗎？難道要我篡位！』

我深深覺得這印章我要是敢用，一定很多人見一次打一次。光是我在神王殿的同事就會把我打得連我媽都認不出來了，其中恐怕只有腦袋構造比較奇怪的音侍大人不會打我……然後，我剛剛那句話似乎喊得太大聲了，導致接著進來的珞侍一臉微妙。

『我說范統啊，你是要篡什麼位？』

我哪敢啊。

『啊哈哈哈，哪沒有什麼篡位呢，你搞對了啦。』

『難道是反話？什麼反話會變成篡位啊？我還真不想花這個腦力想，你可以直接拿紙筆寫給我看嗎？』

不，我剛剛說的確實就是篡位。不要考驗我的腦力！我哪有辦法臨時變出篡位的反話啊？

剛剛才說步步驚心，現在馬上就驚給我看了？

『你應該沒事找我吧，那種重要的反話就放給他去，如何？』

『但我還挺想知道的，你就寫下來吧，范統。』

珞侍說著，看向我本來就備妥在案上的紙筆，顯然十分有了解這句反話的興致。

『就不能不寫嗎──』

『國主要你寫幾個字就這麼難啊？』

……啊，我的代理侍生涯就到此為止了吧，我想不出篡位的反話是啥……雖說珞侍是我的朋友，但篡位的玩笑只怕還是不能亂開？我命苦。

不，還是讓我垂死掙扎一下……！

『珞侍，你等等，我有件不重要的事情，讓我進去打個電話。』

說著，不等珞侍回答，我就快速跑進內室拿出符咒通訊器，直接聯繫了暉侍。代理的出了差錯，就找本尊救火吧！儘管這就像在考官面前作弊，我自己都覺得我可恥，但迫於無奈，這麼做也是沒辦法的事情！

然後我一定要說一句，新一代符咒通訊器跟手機一樣的常用聯絡人快速撥號功能實在太方便啦！

「午安，范統，什麼事情找我？」

暉侍的聲音一響起來，我立即像抓到救命稻草一樣丟出問題。

『暉侍！禪讓的反話是什麼！』

……

我是白痴嗎？我自己多講幾次篡位不就有答案了。

「范統，今天的你真是奇怪，我有點不明白你想要做什麼耶。」

別再說了，我現在覺得自己很丟臉……我這就回去面對珞侍。

『早餐的時候再跟你講啦，先再見。』

我是說晚餐。唉。

篡位的反話成功滿足珞侍的好奇心後，他倒是還有點良心，沒再繼續問我為什麼會說出這個詞之類、難以回答的問題。至於他來找我的目的，在他開口說明完後，因為一時傻眼，我花了點時間才消化吸收。

『觀光旅遊景點介紹？沒這種企畫？所以……不要找我做這個嗎？』

『事實上是落月那邊提出來的，我覺得很有趣就答應了。要找高官做這種介紹，你比較適合吧。而且你目前的工作量也不算很重，應該沒有問題？』

現實其實是，國主陛下要你做，你有問題也得沒問題。我也知道這一點，但我還是想問一下……

『西方城那邊提進去的？他們誰沒有閒工夫想這種企畫啊？』

這反話說得好像他們都不務正業一樣，真失禮。

『除了暉侍還有誰呢，只要稍微動腦就可以猜出來了吧。』

的確是這樣。我問這什麼笨蛋問題，真是不好意思。

『所以，他們那邊的人也覺得這很無聊？』

『那爾西可能精神不濟就蓋了章……嗯，或者想名正言順地撥給暉侍吃喝玩樂的經費？這種對哥哥好的手段真是高明，我應該拿什麼跟他一較高下呢？』

『你是要一較低上什麼啦！不要亂來！變成不惜動搖國本也要對姊姊好的比賽的話，幻世就不得安寧了！那爾西可能真的做得出來啊，你也要學他嗎？』

『我當然不要。只要把你塞給他當進行企畫的東方城代表，我就是個毫無疑問的好弟弟了，其他人根本沒有辦法和他一起好好做完這個企畫吧，所以范統，交給你了，我相信你沒問題的。』

剛剛不是還在問我的意見嗎？怎麼幾句話後就直接變成木已成舟的態勢？我本來還在想綾侍大人跟違侍大人公務繁重，個性又稍嫌認真，所以你才會來找我，沒想到癥結點是他們和暉侍處不好啊！我到底該說什麼呢？

至於音侍大人，本來就不在選項內。就算他跟暉侍處得來，這種任務交給他們還是會有種不如打從一開始就不該做的感覺……景點介紹會變成景點破壞吧。總之，反正還是只有我……

『考慮到你畢竟不是幻世的居民，規劃行程的部分都交給暉侍了，要去什麼地方他會做好功課，你完全不必擔心。』

什麼啊，那我到底是去做什麼的？領出席費，騙吃騙喝？

『那麼介紹這些景點的目的是？讓大家可以來個幾天幾夜的淺度旅遊，跑遍幻世嗎？』

你們既然要做這種企畫，一定是為了推動兩城的國民到對方的地盤觀光？沒有商機的話就不會做了，是這樣沒錯吧？所以那些平時沒機會去的這個一區那個二區，都有機會去走走囉？偏遠地帶聚落、不住城內的那些居民，說實話我都還沒有多少機會接觸呢。

『沒這回事，大家都是很忙的，這次的介紹標題就訂為「一天讓你瀏覽夜止落月、城內活動安全無虞」，提供給生活忙碌的人們趕場跑完諸多重要地點的便宜快速行程，一次只要十串錢，不含餐費和交通費。』

『什麼啊啊啊啊啊到底是在旅遊還是在做功課！誰會想跑這種莫名其妙的行程啊！』

『這世界上沒錢沒空的人總是比有錢有閒的人多，一天就可以跑完的行程絕對比較實際。』

『都已經有錢了就不要逼他來走這個行程了啦！而且我覺得新生居民有閒的人根本就超少的，你就老實說這是你針對綠色流蘇新生居民的回收薪俸計畫吧！所以前面說那爾西給他姊姊經費吃喝玩樂，事實上是要我們一人十串錢跑完整個流程嗎？苛政必亡！』

『范統啊……以一個代理侍來說，你對國主的命令意見是不是太多了點？』

看到珞侍挑眉質疑之後，我趕緊閉嘴。啊哈哈哈，錢的問題讓我差點忘了上司與部屬的關係以及我的前途，我太激動了，拜託你當作沒聽見，大人有大量，不計小人過。

『就、就算只有十串錢，我也不願意為西方城赴湯蹈火！』

『說得好，不過是你把我想得太卑鄙了，當天行程的費用當然都可以報公帳，東方城會支付。』

喔？對耶，我印象中你的確不是個小氣的人，是我誤會你了。

『可是這樣，整個行程就不是十串錢可以解決的了，廣告不實是不可以的嗎？』

『我們只要一口咬定只花了十串錢，他們跑相同行程的時候超過這個數字，就是他們自己的問題。』

這是詐欺啊！好吧，至少騙的不是我……

『那最後一個問題，標題訂好了，夜止排在落月的後面，他們有意見？』

針對這個問題，珞侍笑咪咪地做出回答。

『當然有意見，這是一定要吵的問題。令人高興的是，我們派出綾侍去談判後，落月就不跟我們爭名詞順序了。反正夜止就是要排在前面，沒什麼好說的。』

……綾侍大人，您又做了什麼，您又做了什麼啊——為什麼您總是這麼讓人不寒而慄，可以的話我真希望最好不要和您有什麼碰面交談的機會——

由於跟珞侍達成共識，事情就這麼敲定了。晚上我見到暉侍時，自然也不免提起這件事，和他確認行程。

『嗯？一切都準備好了，明天就可以成行囉！』

『什麼？』

一日趕場觀光景點介紹，就連事前準備都這麼趕場。事到如今我也不知道該說大家很有效率，還是一切突如其來了。

簡直就像是要交報告的當日來回校外教學啊，記得攜帶零食、自己，還有一顆火熱的心……

我覺得我在心裡唸這句話的聲音，根本就像死魚一樣無力。我好像忘了什麼想不起來，一定是徵女友吧，現在根本沒力氣想這個了，算了啦——

一日遊之東方城

清晨起床工作，還得身處高空吹冷風——景點介紹的一開始，范統就已經覺得想吃公家飯不簡單了。

早起不算加班費，還得考慮這個企畫採用魔法攝影兼錄音，連想打個哈欠都得考慮公眾形象問題。

而身邊那兩個傢伙為什麼一大早起床還可以這麼有精神，他一點也無法了解。

「現在我們經過的地方是東方城的三大學苑，從這邊俯瞰下去，可以清楚看見建築物本體。今天的天氣不錯，運氣真好呢。」

噢……珞侍，你在說什麼鬼話，下面明明霧氣濃厚，什麼都看不到吧！虧得如此，我們才得以乘坐這隻龐然大物在東方城空中亂飛而不引起恐慌啊！你不要以為清晨人比較少就不會有人注意到，這隻大黑鳥根本超明顯的啦！

今早一跟修葉蘭會合，聽到要搭乘焦巴在東方城上空先飛一圈再說，而且珞侍要跟，范統的臉就黑了一半，簡直不知道該說什麼才好。

上一次搭乘焦巴，是他們要帶月退逃離東方城的時候，同時還被綾侍追殺，對范統來說根本不是什麼好經驗。而且搭鳥飛行其實也舒服不到哪去，雖說今天他們要去的各個「景點」幾乎都會有人接待，但負責在最開始接待的珞侍提出這種要求，仍讓他有種微妙的感覺。

是你自己想玩吧？樂在其中玩得很開心嘛！難道那麼久以前看我們搭著焦巴離開，其實你一直都很想一起坐上來嗎！心裡小小的遺憾留了這麼久嗎！珞侍！

「是啊是啊，真是壯觀呢。代理侍大人，你也說句話吧？」

修葉蘭笑著附和的時候，范統正覺得他們兩人都很上鏡頭，只有自己不只長相普通還一臉沒睡好的模樣，就發現話題已經轉到自己身上，驚嚇中下意識說出了心裡話。

「我覺得這霧挺濃的啊，真的看得清楚嗎？」

還好死不死，沒被詛咒顛倒。

哇，雖然珞侍睜眼說瞎話，但我這樣光明正大嗆他，應該還是有很大的問題吧！

在范統說完這句話後，修葉蘭乾笑著正在想要如何圓場，珞侍就已經做出反應。

只見他隨手掏出一張符紙灌注結合了法力的符力，瞬刻完成了一張光芒書寫而成的符咒，接著便以充滿力度的動作將符咒朝下方投擲而出。

雲霧間爆開的閃光使得焦巴驚恐地亂叫了幾聲，珞侍則看也不看成果，便對著范統露出微笑。

「看得清楚了吧，親愛的代理侍大人。」

「……的確模糊。」

儘管珞侍沒有咬牙切齒，范統還是背上冒汗，特別是詛咒又捧場地把他的話顛倒的狀況下。

不，一點也不模糊，霧都被你炸開了當然很清楚啊！對不起我會配合一點裝出開心的樣子的！從現在開始我會努力對每個景點驚嘆！……問題是我覺得啊，我的驚嘆一定都會顛倒成糟糕的東西吧……

「代理侍大人的意思是，當然很清楚。」

修葉蘭清了清喉嚨，緊急補上了翻譯。范統一面覺得感激，一面也持續在心裡質疑這個企畫。

從高空俯視是很壯觀啦……但你的十串錢一日遊推廣中不包含租借焦巴吧？這豈不是從一開始就廣告不實了？

不過我認真覺得你可以考慮租借。只要讓焦巴使使小性子，在空中翻轉把新生居民甩下去，一百串錢的重生費用就有著落。比起觀光費用，這樣賺絕對快得多啊！但想拿個十串錢玩玩的新生居民可就慘了，為了一時的好奇心說不定還得負債，不知道這種事故接不接受投訴。嗯，通通讓焦巴的主人璧柔賠償的話，依然有收入嘛。

「像這樣看見東方城整齊的街道，實在不由得發自內心想讚嘆呢。」

既然要做這種企畫，就該不停地講話。因此修葉蘭又開了口，珞侍也語帶感慨地說下去。

「想到有成千上萬的人在其中居住，我就覺得責任重大。」

呃，現在是怎樣？你們各自講了一句話，我也要接個一句才算合群嗎？還是我可以沉默看你們唱戲？事先不說好，可別怪我沒默契啊。

「是啊，多醜的景色，如果大家都無緣見到就好了。」

……很好，果真一開口就放槍。我都已經迴避國主陛下這個詞啦，但詛咒就是不肯放過我，我說你們派我當東方城的介紹代表到底是什麼意思啦，到時候魔法拍攝下來的影片一公開，西方城的人根本會幸災樂禍笑破肚皮吧？

「感謝代理侍大人犧牲奉獻，即便知道自己講出來的話有極高的機率會顛倒，還是不願屈服於反話的詛咒，無論如何就是想讚美東方城啊！噢，我覺得感動得都要起雞皮疙瘩了，這份情操國主陛下一定也都看在眼裡，對吧？」

什、什麼？暉侍，你舌燦蓮花這花也開得太過頭了吧？我自己都聽不下去了，珞侍哪可能聽得下去？

「噢，是啊。」

超冷淡的！果然就超冷淡的啊！沒直接說出「我可是一丁點都感受不到」一定也只是看在哥哥的面子上，到時候觀眾到底能不能感受得到又是另一個問題啦！

「繞行完一圈我們就要前往第一個景點了！不知道大家期不期待呢？是個有點意外的地方

唷！」

暉侍你居然就這樣直接連接到下個話題！話說回來，具體來說今天要去的到底是哪些地方，我居然一個也不知道！

「我很期待這次企畫的影片，你們要好好加油。」

珞侍一面說著，一面不疾不徐地從懷中再度掏出符紙，見狀，范統忍不住想問一句。

「呃……你拿符紙進去做什麼？」

「因為差不多該降落了。」

「升空就升空啊，為什麼需要符紙呢？」

在他追問後，負責回答的人是修葉蘭。

「你知道的，焦巴這麼大隻，降落下去不只會引起恐慌還會破壞屋舍，所以我們採取自由落體降落，待會國主陛下一聲令下就要跳囉。」

「等兩下！你們有沒有事後通知我不要準備啊！與其說是觀光景點介紹，還不如說是針對我設計的整鬼大爆笑吧？你們一定偷偷以我的反應為苦，對不對！」

「范統啊，雖然我們回去以後會剪輯，但你說話還是多想幾秒再說出口嘛，哪有這種可能性，真的要在東方城搞整人大爆笑，也要整西方城少帝才大快人心啊。」

「那待會跳的時候我怎麼辦？我身上可沒準備無關的符咒啊，你聽聽看啊，我怎麼辦！」

范統抗議過後，珞侍立即將一張空白符紙塞過來。

「出門在外應該攜帶空白符紙以備不時之需，這不是用符者的常識嗎？」

「誰像你有那種不用紙筆就能成符的絕技啊！我還沒練成啦！」

毛筆那種東西可不能帶在身上吧王八蛋！況且在鳥上顛簸著寫，能寫出有效符咒才怪！

「是時候展現你的實力給大家看了，代理侍大人。」

珞侍皮笑肉不笑地說出了這樣的話，顯然絲毫不覺得強人所難。

「范統，別擔心。珞侍說是這麼說，但他還是會保護我們的。」

暉侍你說這種沒用的話的時候可不可以不要用這麼燦爛的笑容！鏡頭還在拍啊！啊，不要拍我自由落體時驚恐的表情！

「好，就是現在，翻滾吧！焦巴！」

什麼東西——這不是我剛剛才在腦中想過，可以用來坑殺新生居民遊客的黑招嗎！為什麼你們現在就對自己人使用了？你就算說句簡單的「跳吧」都比這句好啊！不，不要空中翻滾

——啊啊啊啊——

一日遊之東方城第一站：四四四號房

「在經過新生居民才可以模仿的自由落體後，我們總算有驚無險地落地了！」

我都差點以為要回水池啦！你別說得這麼雲淡風輕！

「接下來就交給你們了，繼續努力啊，我回神王殿去。」

珞侍你就這樣跑啦？接下來等著我的還有什麼啊！

剛剛的自由落體降落，雖然有珞侍的符咒保障安全，但范統還是有種早起的睡意通通都被嚇跑的感覺。

「很高興降落的地點恰恰好就是我們要去的第一個景點！就在我們的正前方！范統，我們開開心心手牽手過去吧——」

喔？就在我們正前方？所以是……學生宿舍？

你介紹學生宿舍做什麼啦！有什麼賣點啊！東方城的新生居民根本一堆人每天都要進去的吧，所以你是介紹給西方城的人看的嗎！要是我想花錢旅遊，看到第一個景點是學生宿舍，我旅遊的那顆心立即就死得不能再死了啦，現在提出抗議還來得及嗎！

「你怎麼會想到來介紹老師宿舍？難道有什麼七小不可思議可以介紹？」

「我們可不是要拍靈異節目，我們要介紹的也不是學生宿舍，而是四四四號房。」

如果范統的心剛剛是死了，那麼在修葉蘭說完這句話後，他的心大概形同在死了的狀況下還被丟進冷水裡。

「你想對我房間做什麼——」

「更正，你們的房間。你現在也不住在裡面啦，介意什麼呢？」話不是這麼說的吧，我覺得重點應該是、應該是——

這個房間為什麼足以成為一個景點啊——！

「告訴你一個好消息，因為值得紀念的關係，學生宿舍的四四四號房目前是不讓人住進去的喔。這間房間已經榮升參觀用房了，高不高興？」

「這是誰做的決定！我覺得他腦袋沒洞吧！」

到現在才不讓人住進去是怎麼回事啦！真要說的話，一開始這個號碼的房間就不該存在好不好，都讓多少人住進去過了，怎麼到現在才不讓活人住呢！這樣的話，我不就是最後一個受害者了嗎？

「啊……這句話我會幫你剪掉的，身為代理侍，不要再公然攻擊國主陛下啦，范統。當然，要是你想替自己塑造出叛逆臣子的形象，就當我沒說。」

怎麼又是珞侍！我話說出口前沒想到會攻擊他啊！

范統在懊惱間已經跟著修葉蘭進了宿舍、上了樓。這個時間學生宿舍裡活動的人自然是不少的，他們兩個人也引人側目了一下。

坦白說，雖然現在已經是代理侍了，但范統對於其他人的視線還是會感到不自在。以前看見音侍、綾侍、違侍的時候，范統也會像一般平民一樣注意力稍稍被吸引過去，可是這種事情發生在自己身上的時候，要習慣可就需要很長一段時間了。

我覺得，我這個代理侍除了跟國主講話沒大沒小以外，心態上根本還是個平民吧？如果想繼續當下去，這果然是不能不面對的事情？啊……我現在，首先得面對的，就是我的房間居然被列為觀光景點的事實，這到底該怎麼面對呢？

「好，首先我們看到的是房門，嗯——四四四號房，沒走錯。接下來就讓我們開門吧，裡面看起來是一間狹小的學生宿舍，可供三個人居住。想當年，代理侍大人住在這裡也辛苦了呢，你說是不是？」

「你們到底為什麼想參觀我曾經住過的房間！學生宿舍都長得不一樣啊！根本就有什麼難看的吧！」

我是說學生宿舍都長一樣根本沒啥好看！你們有病啊！

面對范統情緒激烈的質問，修葉蘭俊美的臉上依舊維持著友善的笑容，回答也十分流利。

「東方城的居民自然會想看看代理侍大人發跡的地方啊，想像當年在這間陋室中，代理侍大人是如何刻苦努力……」

不！我在這裡住的時候根本成天想著雞毛雞皮還有悲傷的公家糧食！

「犧牲睡眠、奮發圖強，只求在惡劣的環境中突圍而出、求得一片可以自由自在飛翔的天地……」

那是誰啊！是誰啦！飛你個焦巴，是飛到西方城去了嗎！

「有志為國奉獻的好青年都該效法這樣的精神，即便是新生居民，只要肯努力，成為高官也是很有可能的事！」

不可能——！不要亂鼓舞士氣了，根本就不可能！你必須打從一開始就認識未來的國主陛下，跟他結下欠債不還之類的孽緣，而且你同房的室友還必須是隱姓埋名的西方城少帝才行啊！

「看著這間值得紀念的房間，范統你不會有所感觸嗎？」

又要逼我說話啦？真要我感觸，還不如感觸這間房裡的另外兩個人現在都到哪去了咧！

「你希望我有什麼感觸，你就歪說啦！」

我是叫你直說！

「遙想當年代理侍大人在這個地方結識了西方城少帝，平民翻身的傳說就此開始，傳到後世可謂為佳話之類的啊。」

「我覺得人死著的時候不需要這樣追思吧！這好像是追憶幾百年後的未來人的態度啊！就

算真的過了幾百年，那時候我搞不好還沒活呢！」

「兩個對國家舉足輕重的人物在這個房間以平民的身分認識、相知相惜，就在這狹小的空間裡不知發生過多少足以左右歷史的事情。到這裡參觀，不知不覺就會覺得很值得深思探究嘛。」

你是說在床上教毛筆、不小心打開使用中的浴室、從床上的手指洞發覺月退睡覺時很危險、坐在地上一起吃公家糧食同時覺得這世界爛透了之類的事情嗎？你不是幾乎都知道！那還需要深思探究些什麼！

「哼哼，要是你想在牆下找塗鴉，這裡可沒有那種東西！」

我可沒留下那種到此一遊的把柄，你真是太天真了，暉侍。

「我看看……啊！這裡有耶！」

將頭探入中鋪的修葉蘭喊了一聲，這下子范統也意外了。

啊？那裡不是月退的床位嗎？有什麼啊？

「在靠近後面的牆上畫了三個人開心的笑臉，其中一個人有綁頭帶。好溫馨啊……噢，忽然覺得眼眶熱熱呢……」

「呃？讓我聽聽。」

范統搶了修葉蘭的位子探頭進去看，還真的看到了塗鴉。

這是哪時候畫的啊……綁頭帶的是我吧，那另外兩個不就是……咦？

「那邊還有耶——」

發現另一頭靠牆接近床面的位置好像還有小字後，范統索性爬進中鋪，湊到那裡看個仔細。

只見上面畫了大概兩排的正字記號，最下面則補了幾個字。

『那爾西那爾西那爾西那爾西　死』

……

月退，你到底……為什麼可以這樣同時溫馨又令人不寒而慄呢？這又是哪時候寫的啦？你到底是想留下來跟我們好好過日子，還是想回去殺了那爾西？這些正字記號代表什麼！我可不可以不要知道！

「怎麼樣，有什麼發現嗎——」

「——什麼都有啦！是我看對了！」

那種可能傷害到你這個玻璃心哥哥的東西，你還是別看吧！別看！別看比較好！

「這樣啊，那我們也來看看其他床位的牆上有沒有什麼東西好了，搞不好書桌底下也可以找看看呢！」

喔喔喔不要亂找！萬一月退也在別的角落寫下了類似的東西呢？而且他還不是用毛筆，是用細如毛髮的劍氣劃出來的啊！西方城少帝與代理皇帝之間的恩怨情仇不要一再暴露好嗎？雖然你會剪輯，但我覺得那種東西還是跟這個房間一起封印吧！

想要阻止修葉蘭在房內四處找塗鴉的范統，才剛在心裡著急完，就想起了一件事。

「啊……所以這個房間以後會開放給大家參觀？」

「是這樣沒錯，有什麼問題嗎？」

問題可大了——這樣的話，那些塗鴉遲早還是會被別人看到啊！

「……你不會剪輯，對吧？」

范統忽然這麼問，讓修葉蘭一頭霧水。

「嗯，是啊。」

「那我造屍生跡兩下，啊哈哈哈！」

「等等！范統！你要毀屍滅跡什麼！不要破壞未來可以成為一級古蹟的房間啊！」

牆上那幾行怵目驚心的字，在范統當機立斷拿符咒破壞後，就這樣變成一個打通到四四五號房的小洞了。

至於另一頭三張笑臉的塗鴉，則依舊存留於牆上。在他們要離開的時候，一面聽著修葉蘭唉聲嘆氣，范統也一面於關上房門時，陷入了只有他自己知道的感傷。

一日遊之東方城第二站：玄殿

「好啦，在探訪過貼近生活的四四四號房後，接下來是一個重量級的地點喔！」

你怎不乾脆說剛才那個地方一點也不重要算了，本來就該介紹一些重量級的地點才對！

「此刻我們的目的地就在眼前——」

「眼後？」

在哪啊？

「——的建築物後面直線距離十條街的玄殿。」

眼前個鬼啦！

這麼遙遠的距離，就連那個十條街是真的還是隨便亂數，范統心裡都存疑。

「咳，總之我們就移動往玄殿吧！為了有效率地進行今天的行程，我們會移動到傳送點進行傳送喔！城內的傳送點不像通往其他區域的傳送點，只要你在城內進行傳送，一定次數以內就是免費的！可千萬別過度勞累自己的雙腿呢。」

哇，還有空趁機宣傳如何移動啊。嗯，這樣製作影片也算有心啦，所以說……我到底幫得上什麼忙啊？

范統在跟著修葉蘭移動的途中不由得也思考了一下，自己對這個企畫來說，意義到底是什麼。

總不是當東方城代表，就只需要出現在畫面裡當吉祥物吧？要求真這麼低啊？那到時候影片讓大家看到了，會不會覺得代表東方城的代理侍大人鋒頭都被西方城的梅花劍衛搶光，簡直不知道在做什麼，然後舉國上下充滿唾棄我的聲音？

可是我本來就不擅長說話——應該說沒有這種類型的口才吧？再加上反話的詛咒，根本先天不良後天失調……可是拿不擅長來當不做不學習的藉口，真的是現在的我能做的事情嗎？

滿心煩惱的狀況下，玄殿很快就近在眼前了。這次是真的在眼前。說起來，東方城的居民應該都知道這個地方，甚至多半還來過。范統心想，介紹玄殿大概是為了讓西方城的居民增長見聞吧。

若是考慮這個條件，那麼東方城的景點只怕對他來說都沒什麼新意。儘管如此，范統還是猜不出後面會去哪些地方。既然行程要在一天內搞定，多半很快就會去西方城了。

「前方的建築物呢，就是對東方城來說十分重要的玄殿。在這裡除了可以許願，還可以為自己的運勢抽張籤喔！只要是東方城的國民，抽籤就是免費的，西方城的大家如果想嘗試看看，自備一串錢就可以了，很便宜的！」

原來外國人抽籤要錢啊？那有沒有設置翻譯跟解籤處？這很賺錢的！沒學過東方城文字的原生居民抽出來也看不懂上面寫什麼，自然會需要這些服務嘛！

「想當初代理侍大人來玄殿參拜時，一定許下了很了不得的願望吧！抽出來的籤多半也氣勢磅礴、萬夫莫敵，一瞬間說不定天空還降下聖光呢！」

「哪沒這回事！我抽到的明明是一張超棒的籤！不要再過度醜化了，你這是造鬼運動嗎！」

「噢，剛剛這句我會幫你剪掉。」

「不要剪掉啊！不要扭曲虛假！」

即便范統有再多不滿，當下他能做的也只有叫一叫而已，至於剪不剪掉，可能得等修葉蘭要剪輯的時候才能進行干涉。

「這段期間來抽，會抽到特別版的紅紙籤喔。」

做成紅色的意義在哪？如果抽到紅字寫的血光之災就比較看不出來嗎？

「接著，就讓我們進去吧——」

修葉蘭的語調依舊輕快，但范統覺得心情沉重。

而在進到抽籤處，看見站在籤筒旁的那兩個人後，沉重的感覺便全數轉換為壓力了。

「啊！暉侍！閃到腰的！你們終於出現啦！」

首先對他熱情打招呼的，是開口就帶來災難與幻滅，偏偏又很愛說話的音侍。

而他一喊完，修葉蘭便顯得有點無奈。

「NG了啊！音侍，說好不能喊暉侍的！剛剛那段剪掉，重新打一次招呼！」

「什麼是NG啊？」

「不重要的東西。先重新打招呼吧？」

「唷！閃到腰的！跟、跟、那個……那個誰啊？你們終於來囉！」

「……不記得我是梅花劍衛的話，就喊你平時喊的阿修也可以啊，我怎麼覺得有點哀傷呢……」

該哀傷的是誰啊？是我吧！我寧可被忘記，也不要閃到腰這件事被記得這麼清楚啊！

范統在內心跟著感到哀傷的同時，也不由得想嘆氣。

聽說先前在提及觀光賺錢計畫時，違侍曾對音侍表示不滿，認為他對東方城毫無建樹，至少賺錢方面應該盡可能地付出。

他們在開會討論的時候，范統剛好不在，這件事他是昨天吃飯時聽修葉蘭說的。總之大家針對音侍能為國家賺什麼錢做了一番研究，正好音侍也沒出席，根本不會有人抗議或阻止。

綾侍認為音侍這個人毫無賣點，想靠他賺錢是痴人說夢，那個痴人就是違侍，最好回家作他的白日夢。

違侍自然不會接受這個結論，他認為只要努力一定找得出音侍這個沒用傢伙的用處，但他自己又舉不出來。

路侍覺得音侍至少有一張臉是可取的，可以吸引一些不明真相的女孩子，可惜立即被違侍以出賣色相寡廉鮮恥的理由駁回。

修葉蘭也參加了討論。他提出觀光形象廣告文宣，被珞侍以「實在不想拿他當東方城代表」拒絕，提出小花貓狩獵團，被綾侍以「金線三紋一樣有去無回會帶來國際問題」的理由駁斥，最後，採用的意見是珞侍提出的。

珞侍想出來的賣點是無條件接受決鬥。如果在街上找到音侍，就可以找他決鬥，這對想找人切磋又沒對象的高手應該有吸引力，同時也能讓人知道東方城的侍不是好惹的。

找音侍決鬥——坦白說，范統一聽到這個提案，立即覺得沒錢的西方城居民，這麼做的話回家比較方便。前提是西方城不收軀體重生費，還有身上的衣服要穿便宜一點，家當也不要帶。倒是修葉蘭在他們開始考量實行的時候，語重心長地問了個問題。

『要是我國的鬼牌劍衛每天都假觀光之名來行決鬥之實怎麼辦……？』

其實也沒什麼每天的隱憂。大概第一天就會有結果，反正其中一個總是會死的，那當然就沒有以後了。

『原生居民不可參加這個活動。』

珞侍當機立斷補上了這句。

『原生居民不可參加這個活動。』

違侍馬上配合地將這一條謄寫到公文上。

於是事情就這樣定案。

「你們終於到了啊，落月的人是不會準時的嗎？」

此時人在音侍身邊的綾侍也開了口，修葉蘭的神情頓時又有點痛苦。

「綾侍，這句話攻擊性是不是高了點？這樣不好吧？」

「呵，妥善的行程規畫本來就應該守時。一個行程會拖延到下一個行程，這種不嚴謹的態度，也會讓其他人受到影響，只因為要呈現給大家看，就不能斥責嗎？」

噢……暉侍，我看你，還是把綾侍大人的鏡頭通通剪掉吧。他根本不可能配合你重錄的，而且你越說，他只會越嗆，這是何必呢。

「反正我們也才剛到嘛，等這點時間有差嗎？」

音侍似乎想緩和一下氣氛，但他發言的結果，只是遭綾侍冷眼。

「讓我多聽了你幾分鐘的囉唆，這還不嚴重嗎？」

「啊，好過分！老頭你今天是沒睡好嗎？說話怎麼這麼難聽呢！」

「我沒睡好是誰害的？」

「是誰！誰害你沒睡好？」

「……」

呃……這答案還真明顯啊，但是遇到白目的時候，不管再明顯也沒用……到底做了什麼？讓人有點在意。不過，音侍大人的話，只能說做了什麼都不意外。

「綾侍，如果想招攬觀光客，至少東方城也該表現出歡迎的態度……」

修葉蘭仍試圖進行勸說，一旁的范統看了都想搖頭。

「區區一個人十串錢的企畫，就想讓我擺出歡迎的態度？」

原來是嫌錢少。那您可以不要出現嘛！

「一萬人就有十萬串錢，十萬人就有一百萬串錢了呢。」

哇，暉侍你會不會太樂觀啊，這麼無趣的景點可以吸引到那麼多人花錢嗎？十串錢再少，也是錢啊！可以吃一頓比公家糧食好的食物呢！

「一百萬串錢，很多嗎？一把希克艾斯都買不起。」

等等，這話題是怎麼回事，為什麼要用音侍大人來當標準？重點應該是沒在賣吧！而且真的可以交易的話，我覺得應該要倒貼一百萬串錢求對方收下才對！也就是說，暉侍，收下了音侍大人的你根本虧了一百萬串錢啊！

「你們再吵下去，又會讓上一個行程提早了啦！不是要介紹白殿嗎？快點開始吧！」

范統在忍不住喊出心裡話後，發現眼前三個人都朝他看了過來，他頓時覺得心臟停了一下。

哇，我這個菜鳥代理侍到底是哪來的勇氣對他們喊話？這裡有我說話的份嗎？影片回去可以剪掉，現場可不能回溯啊啊啊！

「啊，反正拖延的話，也是拖延死違侍的時間，沒有問題的！」

音侍大人，您居然聽懂了我的反話？原來下一關是違侍大人……不，等等，沒有問題嗎？真的沒有問題嗎？不只是違侍大人，西方城那邊所有的人行程也會被耽擱吧！

「雖然別人的時間被拖延我無所謂，但我還有別的事情要忙，的確應該有效率一點。」

由於綾侍也不想浪費時間，范統喊的這幾句話倒是出乎意料地起了效果。

「那……我們就正式開始了？」

「請便。」

「透過便捷的傳送陣，我們已經來到玄殿囉！這是東方城供奉沉月塑像、歷史悠久的地點呢！其中最神奇的就是這個籤筒，裡面抽出來的籤總是一針見血，讓人覺得籤筒十分有靈性呢——東方城的音侍大人與綾侍大人恰好也來抽籤，真是幸運！這下子就可以一起抽了，說不定還能交換看看抽到了什麼，實在充滿期待啊——」

慢著，暉侍！你現在是自暴自棄打算前面都剪掉，直接把音侍大人跟綾侍大人當成在這裡巧遇的高級路人，而不是企畫找來的嘉賓喔！你現在是想自己來了是嗎？反正這裡有兩個不配合的傢伙跟一個幫不上忙的傢伙？

「范統，來吧！雖然不是新年，還是可以抽個籤，手探進去再抽出來就結束了，跟我一起做這個動作！」

你也太有精神了吧！感覺是略微崩潰之後逼出來的精神啊！是因為不想回去剪輯剪到熬夜，所以想快點逃離這兩個人嗎？而且你已經忘記喊我代理侍大人，就這樣直接喊范統了？雖然我也不在乎啦……

事到如今，范統只能配合著和修葉蘭一起抽了張籤。這個籤筒從來沒給過他好籤，所以他這次也不抱什麼期望。

在他打開籤紙之前，修葉蘭就先打開自己的了。

「噢……『兩面不是人』嗎……這似乎暗指我在東方城進行外交工作，有一堆考驗得通過呢。」

修葉蘭說到這裡就苦笑了，范統也無法安慰他什麼，只能打開自己手上的籤，然後意外地看到了很多的字。

『愛惜生命，遠離金毛、白毛跟黑毛。不要管金毛的事、跟白毛保持距離、黑毛的說什麼都不要聽。』

啊？

金毛、白毛、跟黑毛？是說頭髮顏色嗎……？那不就是全部了嗎！根本就是全部了啊！這什麼隔絕世界的建議！難道我認識的人裡面，從今以後我只能跟米重還有天羅炎來往嗎！還有誰啊！還有誰的頭髮不是這三個顏色！

噢，還有硃砂。這不是重點啦！

范統淒涼地看向了外面的天空，這時音侍也興致勃勃地想要抽籤。

「來這裡就是要抽籤的吧！其實我一直很好奇，真有這麼神準的話，我一次要是抽一堆，難道會通通都一樣嗎？總不可能抓了一把都是大白痴，這次應該來試試看！」

他話一說完，手就很快地探下去抓了，綾侍則在這個時候敲了音侍的頭。

「給我住手，國家資源不是這樣讓你浪費的。」

「什麼嘛！那麼多，讓我抽一把又不會死！」

「你沒有必要從中抓出一堆大白痴來讓其他的大白痴抽不到。」

「啊，我才不信每張都會是大白痴呢！」

我也不信。可能會由「白痴」、「大白痴」、「腦袋有洞」之類的籤紙組成那一把吧，音侍大人，您到底多想被這個籤筒罵？

「范統，你抽到什麼呢？讓我看看？」

修葉蘭終於從兩面不是人的打擊中回神過來了，只是，在他看了范統手上的籤紙後，新一波的打擊又狠狠將他淹沒。

「什麼？按照籤紙說的話，不就是表面上我說什麼你都不要聽，實際上我的事你都別管？這太慘了吧！我也太慘了啊！」

嗯？聽起來真的很慘。不過暉侍你那表情……所以，攝錄下來的影片，終於有因為你自己而必須剪掉的鏡頭了嗎？我是否該提醒你？

在趕場的情況下，玄殿的行程結束得快，也結束得令人哀傷。至於音侍堅持抽出來、結果每一張都在攻擊他腦袋的籤紙，他會不會有興趣帶回去做紀念，就不得而知了。

一日遊之東方城第三站：

神王殿第一殿的露天議台

「哈哈哈哈，不愉快的事情最好快點忘記，是的，我們現在要前往下一站！抽到壞籤之類的哀愁，大家記得離開玄殿之後就要將它跟籤紙一起撕掉喔！」

對於修葉蘭盡可能表現出來的爽朗，范統不予置評。至少下一站不可能有籤筒這種東西，他想應該不會再有什麼令人崩潰的事情才對。

「那個……梅草盾衛，我們上一站要去哪啊？」

從剛剛的情報看來，下一站有違侍大人？那麼，到底會是哪啊？先告訴我讓我有個心理準備行不行？

「嗯，我們正在前往神王殿的途中喔。」

聽見這句話，范統忍不住臉上一抽。

「鬼王殿？你在說什麼，你要把人民殿列為景點？神后殿連西方城居民都不可以隨便進去吧！更何況是讓東方城居民進入呢！」

喂！我受夠了！神王殿到底要產生多少種變化啦！我是說那是我們的皇宮耶！一般平民都不可進入了，何況是敵國平民！

「這個嘛，我們要去的其實是神王殿第一殿的露天議台。」

「那還不是一樣在鬼后殿裡！」

「這不是個景點啦，只是影片中加入的一個單元，讓大家看看平時沒機會見到的地方——至少西方城的居民是沒機會見到的。」

那你說說看東方城的居民有什麼機會可以見到啊——喔。犯了罪，就有機會被押到那裡了是吧……

范統自己察覺答案後，頓時也無話可說了。既然不是作為開放參觀的景點介紹，只是要繞過去拍給大家看看，他就沒什麼意見。

他們抵達目的地時，違侍已經等在那裡，不曉得等了多久。范統判定他不是準時，而是早到，因為桌上積了不少批閱完的公文，顯然是他早早就帶過來處理，以便妥善利用時間。

分配違侍大人來這個地方協助介紹，好像也挺有道理的嘛。仔細想想，這露天議台根本就是違侍大人一個人的舞台吧，一個人唱著死刑之歌要求眾人為之起舞之類的……只是現在國家換成珞侍管了，怕是沒那麼容易判定死刑？

「違侍大人，不好意思久等了——」

修葉蘭這麼說完後，違侍也皺眉回答了一句。

「沒關係，我沒等多久。」

雖然只是例行性的寒暄，范統還是覺得哪裡怪怪的。

我說違侍大人啊，桌上放的那些公文就足以說明你等在這裡的時間了。這種情況下回答沒等多久，雖然是客套話，卻仍給我一種「下雨天沒帶傘等女友等了三小時全身溼透說自己才剛到」的既視感啊！

「等待的時間也在處理公文啊？違侍大人真是辛苦了。」

「哼，在這裡清靜。感覺審判時的氣氛，也好整理思緒。只要是為了東方城、為了國主陛下，世界上沒有什麼事情是稱得上辛苦的。」

也不過第二句話，違侍就逮到機會發表他的愛國宣言了，想到這種人是自己同事，范統就覺得壓力很大。

喔喔，在鏡頭前不忘表示自己的忠君愛國呢，比起堅持做自己的音侍大人跟絲毫不妥協的綾侍大人，違侍大人您真是懂得利用影片宣傳！但我想東方城的新生居民也不會因此而喜歡您呀。

「我明白。只要是為了那爾西，對我來說也沒有什麼事情是稱得上辛苦的啊！」

這種時候應該提的是自己家的皇帝，不是代理皇帝吧！就算他是你弟弟也一樣，你感染大白痴病毒了嗎！不要讓你弟看到這段影片！

「那爾西？」

違侍自然是知道這個名字的，只是覺得在這裡提出來好像怪怪的，才錯愕地確認了一下。

看吧！連違侍大人都覺得你這樣很奇怪！

「對不起，我少加了幾個人。范統跟珞侍也包含在內，為他們做事，我甘之如飴！」

不要為敵國的國主跟代理侍獻身啊啊啊啊——！這種影片傳回去，誰能放心讓你在這裡任職！不把你免職根本說不過去！而且不要提我！不要！提我！

這時，不等違侍問話，修葉蘭便如同知道范統在想什麼一般，回過頭來愉快地解釋。

「這段我回去會自己剪掉的，別擔心。」

所以你是說爽的嗎！你就只是想說而已！我到底該說你什麼啦！

「來到審訊議台就嚴肅一點！不要在這裡開玩笑！」

啊，違侍大人生氣了。不過，這種事果然應該要生氣的吧。審訊議台簡直是違侍大人心目中主持正義守護世界和平的聖殿，你當然該放尊重一點，被罵活該啦。

「抱歉抱歉。這裡是個帶有莊嚴氣息與神祕色彩的地方，不知道違侍大人有沒有打算親自為我們做個介紹呢？」

聽修葉蘭這麼問，違侍當即推了推眼鏡，正經八百地做了簡單的介紹。

「東方城所有的重大刑犯，刑責都是在這裡由五侍商議、取得國主陛下的認可，裁定出來的。我等以肅清東方城亂源為已任，罪惡一定會在此付出代價！」

呃……真是鏗鏘有力，令人無話可說。您是不是到現在依然覺得新生居民都該死啊？明明是個新生居民卻當上了代理侍的我，豈不是不可原諒到了極點？

「感謝違侍大人的精采介紹！聽說判決都以死刑為主呢，這樣的風氣不知最近有沒有改變？」

怎麼探討起跟景點不太相關的議題啦？我說梅花劍衛啊，這好像跟你們西方城無關吧？

「哼，東方城的判決方針，與你何干！」

啊，果然沒有正面回答。就是說嘛，與你何干！唔？我怎麼莫名就站在違侍大人那邊啦？

「我只是問得太順口了，真是不好意思。」

你這又是在順口什麼！你已經不是東方城的暉侍了，不要一個不小心就忘記這個事實！老是忘記的話不就跟音侍大人一樣了嗎？難道武器的習性真的會傳染給主人？那我最近老是覺得想睡，莫非也是……

「那麼，有關這裡所判決出來的著名案件跟歷史——」

修葉蘭才說到一半，違侍就打斷了他的話。

「我沒有興趣唸那麼多惡人的事蹟給你們聽，資料在這裡，有興趣自己拿去看。」

說著，違侍將那疊文件先收起來，再搬出幾本書冊放到桌上，接下來便看似要休息了一般，拿下眼鏡開始用布擦拭。

喔喔，居然整理了資料啊，還真貼心。可是這是影片啊，文件資料要怎麼呈現？還是得有人把內容唸出來吧？

「感謝違侍大人提供整理資料，那……代理侍大人，我們就從裡面隨便挑一、兩個案例來唸好了——」

我也要唸？不是都你唸？你是想為影片製造一些意料中的笑點嗎！

范統心裡覺得這實在是個很無聊的主意，但要他唸，他也不會拒絕。

「這是發生在五年後的事件——」

一開始就把歷史案件說成未來案件了，真是有才華啊，詛咒。

「一名淺白色流蘇的原生居民，原因不明地慈性小發，從西方城火池開始，連續復活了十八個人，其中有新生居民也有原生居民……」

白色就白色，是在淺白色什麼啦！不對，我要說的明明是淺黑色！還有新生居民！凶性大發！東方城水池！連續殺死啦！連續殺十八個人的話，對很多人來說都只是要不要做的問題，連續復活十八個人這種事情連月退也做不到吧！

「在首先到場的暉侍受了重傷後，隨後趕到的綾侍將犯人制伏。」

乍聽之下沒什麼問題啦……但是人名錯了啊！受重傷的是違侍大人！趕來的是音侍大人好嗎！

「前面也就算了，這個地方的錯誤未免太嚴重！」

違侍大人您忍不下去啦？所以我說，為什麼要讓我來唸呢……

「咳，為了避免誤導大家，在此澄清一下，趕到現場受了重傷的是違侍大人，隨後被音侍大人所救，可喜可賀。」

「我沒有受重傷！只是輕傷！音侍那傢伙也不是來救我的，他只是想來對殺人犯處以私刑而已，還被我阻止！」

「違侍大人對每個案件的細節都記得好清楚啊，真了不起。」

暉侍你這是在說什麼呢？都受重傷了，對原生居民來說當然印象深刻啊，你那個時候還是暉侍吧，這案件你應該也很清楚才是？

「誰想記清楚發生在這些應該處死的人身上的事！只是因為對我來說，這是奇恥大辱！」

違侍講述時的咬牙切齒，讓范統不由得又想了一下。

深紫色流蘇被淺黑色流蘇打成重傷有這麼恥辱嗎？輸了也是應該的啊，贏了才是撿到……其實奇恥大辱是指您被音侍大人救了這件事？我忽然覺得，跟音侍大人還有綾侍大人比起來，違侍大人真是好懂……

「好吧，范統，案子的後續呢？」

又要我唸？

「犯人在審判之日由五侍集體判請無罪，女王首肯後即刻執行，遺留下來的家產則平均分配給加害者家屬。」

呃……當然是死刑，怎麼會是無罪呢？還有，是被害者家屬，不是加害者家屬啦……

「為了考驗大家對代理侍大人反話的解讀功力，這麼簡單的反話我就不翻譯囉。」

怎麼這樣！你乾脆舉辦有獎徵答算啦！看完本影片的人請來信寫出你解讀出來的反話原句，前三名正確的來信者我們將贈送兩城觀光一日遊的旅費喔——反正也只有十串錢。

「不過，說起來，西方城沒有幫助加害者家屬的制度嗎？親人死去了，最後也只能分到一點點錢，過去的日子該怎麼辦啊？」

「代理侍，不要胡說！矽櫻陛下豈是如此冷血無情的人！除去孤家寡人的新生居民十個，他們每個家庭都分到了一萬兩千串錢！」

一……一萬兩千串錢？怎麼回事！那個凶手超有錢的啊！也是啦，淺黑色流蘇薪俸跟賺錢管道應該都不少，所以他到底為什麼不享受人生，要凶性大發殺那麼多人呢？世界上果然還是有好多我不懂的人，新生居民真的就像是未爆彈一樣哪天出問題也不奇怪嗎？

「看也看過了，這裡沒什麼可介紹了吧？你們是不是該離開了？」

違侍看似不想繼續和他們耗時間，很快就下了逐客令。

「的確是該走了呢，感謝違侍大人空出了寶貴的時間協助我們！代理侍大人，我們火速前往東方城的最後一個景點吧！」

在他們表示要離開後，違侍也只點點頭，沒有要送到門口的意思。等到離開神王殿，范統又好奇地問了一句。

「魔奴殿這邊的行程結束了，最後一個行程是哪裡？」

魔……奴……這、太新鮮了，實在太新鮮了，珞侍要是聽到，一定不會原諒我的……

「是一個你會覺得懷念又痛苦的景點喔！」

修葉蘭滿面笑容地說出了這樣的答案。

懷、懷念又痛苦？什麼地方啊，術法軒嗎？還是武術軒？說懷念是很懷念，說痛苦也很痛苦沒錯……

「噢，不過，其實現在好像一樣會去，又常常路過，搞不好一點也不覺得懷念啦……」

什麼地方！難道是資源一區嗎？你要帶我去看雞殺雞拔雞毛？順便還可以示範如何乾淨俐落地處理一隻雞，是這樣嗎！

「反正到了你就知道囉！」

為什麼不直接說！那心虛的眼神是否說明了一切？是個很糟糕的地方吧！明明不值得期待還要吊胃口，好討厭啊——

一日遊之東方城第四站：

公家糧食發放處

當范統跟隨修葉蘭的腳步，直到他停在某個地方說出「就是這裡！」……范統一眼看去，眼神整個充滿了難以言喻的情緒——簡單來說，大概是有點想砍人吧。

「啊哈哈，東方城的最後一站，我們要介紹的就是養活廣大新生居民的公家糧食發放處北門站……」

「你這是怎麼挑的！再怎麼挑也不會挑到那裡吧！」

這到底是我今天第幾次想這麼吶喊了？你——有——病——啊——！這大概是東方城居民最恨的地方了吧！沒錢只好吃公家糧食的悲哀！每天都在吃公家糧食的悲哀！不吃還是會餓死，餓死了就會負債一百串錢，所以再難吃還是得吃下去的公家糧食的悲哀！然後你居然要把這種東西介紹給西方城的旅客？啊？

「代理侍大人息怒啊，我也是經過精心考量才選這裡的呢。」

「你粗心考量了什麼，你說說看啊！」

「你知道的，我們這個企畫標榜十串錢跑兩城，那麼肚子餓了怎麼辦呢？至少可以來領一包公家糧食吃啊，省錢划算又貼心呢。」

「吐這種東西我寧可不要吃！」

「怎麼這麼說呢？東方城開放公家糧食不限領取資格，也是一番好意啊，回去以後，他們就會發現自己國家的食物美味得讓人想感謝神明——」

「然後就再也不想來了吧！」

「別這麼悲觀，秉持著獨樂樂不如眾樂樂的精神，他們或許會再來一次，領一包回去請朋友，有福同享、有難同當。」

這種陷害朋友的行為，你怎麼可以說得如此健全啊！

「與其介紹這種地方，你還不如介紹火池呢！」

水池至少還比較有意義一點吧？一樣也懷念又痛苦不是嗎？

「那種人人都去過的地方誰要介紹啊。」

沒想到，修葉蘭居然毫不猶豫地搖頭否定了這個意見。

「什麼話，宿舍才是鬼鬼都去過好不好？」

玄殿也是人人都去過啊——根本每個地方都人人去過！

「水池這種東西，西方城也有啊。而且去水池要做什麼？你想拍大家的裸體嗎？這樣不太好吧，代理侍大人。不過，也不是每分每秒都有人死亡的，要是你真的想拍，可能還得親自示範一下死掉重生回水池的狀況——不是我不肯犧牲，是因為我的靈魂連結的是西方城的水池。我會很有耐心等你浮出來再接你的。」

問題是你又沒有要去水池！你要介紹的是公家糧食發放處！我跟你誓不兩立！

「既來之即安之，就讓我來為大家介紹這個值得感謝的地方囉。」

說著，修葉蘭清了清喉嚨，便打算開始講了。看來前面的爭執他回去以後應該會通通剪掉，他忽略抗議的態度，也使得范統只想看向旁邊，什麼話都不想說。

「公家糧食發放處可說是東方城的德政之一，如果你身上沒錢又想填飽肚子，不要懷疑，來這裡就對了。」

對啦對啦……是可以填飽肚子沒錯，但空虛感跟後悔感都會讓你痛恨沒有錢吃東西的自己，東方城一定是用這種手段來督促居民奮發向上的吧？哼。

「雖然食物的口感差強人意，但對我本人來說，這個地方真是惠我良多啊——說起來是有點可恥，有的時候經濟拮据，就只能厚著臉皮來領公家糧食吃，幸好城內發放的地點很多，我可以時常換地方領，比較不必擔心被認出來，否則真是不用做人了啊，哈哈哈哈。」

你那張臉跟打扮分明不必見過也認得出來！而且你還在鏡頭前自爆，到底是想做人還是不想做人，我不懂你啊！

「至於口味究竟如何呢，我們也可以現場訪問正在領的人有什麼感想——」

住手！你以為這裡會有人給你比較含蓄不傷人的感想嗎？要嘛痛罵要嘛雙眼發直，不然就是痛哭吧？訪問個什麼勁，不會自己現場領一包吃吃看嗎？

「那麼首先就來突擊正要領公家糧食的這位吧……呃？」

「呃？」

修葉蘭跟范統同時因為無預警看到認識的面孔而愣得發出聲音。

如果出現的是平日時常碰面、有機會遇見的人，他們的反應或許還不會這麼強烈，正因為是完全沒想過會相遇的人，才會使他們同時錯愕。

這個時候，紅髮的少年也冷淡地看了過來。

「不領公家糧食的人擋在這裡做什麼？」

「硃、硃砂，好久不見啊……」

真的好久喔，到底多久啦？加上我回去原本世界的時間，都不知道幾年沒見了，雖然我大概一點也沒想念過你啦，不過，真不曉得月退他到底想不想念……

「的確很久不見。」

硃砂看來並不想搭理范統，這點范統倒是不意外。

好吧，以我們那不怎麼樣的交情，跟我沒話好說也是正常的。

「聽說你留在西方城了？今天出現在這裡是為了什麼啊？」

我是說聽說你離開東方城了……那時候月退是這樣跟我說的吧，去外頭歷練了的樣子。

「你不都看到了嗎？我來領公家糧食啊。」

硃砂以一種「有沒有長眼睛啊」的態度瞥了范統一眼，然後給了他這樣的答案。

什麼？你的意思是你人在外地卻特別回來領公家糧食？

「為、為什麼要領私家糧食……」

「之前領的吃完了，所以回來補貨，這有什麼好大驚小怪的？嗯，請給我十三包。」

硃砂一面回答范統的話，一面跟發放公家糧食的人交涉，居然一領就是這麼大的數量。

十三包？是打算吃多久啊？這是你願意負重的最大值還是公家糧食的保存期限？這麼說來你好像從以前就不太排斥公家糧食，其實你這個人根本沒有味覺吧！

「哇，居然一次領這麼多？你一定很喜歡公家糧食吧，方便訪問你吃過的感想嗎？」

修葉蘭似乎還是很想訪問使用者感想的樣子，硃砂看向他之後，頓時產生了少許的困惑。

「……你是誰啊？」

都忘記你應該沒見過暉侍了。不過你可以在不知道有這個人的情況下瞬間看出他不是月退也不是那爾西，還挺厲害的，我還以為你會問出「月退，你怎麼變了」之類的問題呢。

「我是西方城的梅花劍衛，恰巧生了一張俊美的大眾臉，請不用在意。可以回答我剛剛的問題嗎？十分感謝。」

什麼叫做俊美的大眾臉啦！你這樣說，西方城皇帝跟代理皇帝情何以堪！

只見硃砂盯著修葉蘭看了好一會兒，這段時間，范統不禁又胡思亂想。

那個，硃砂小弟弟，你該不會又在物色交往對象了吧？雖然他有月退的俊美、差了一籌卻依然高水準的身手，腦袋也不笨，可是他是個愛弟成痴的煩躁哥哥而且還沒有錢喔？我到底該不該看在你曾經救過我的份上提醒你呢？

「可以填飽肚子，又不用錢，我覺得是很不錯的東西。味道不重要，能吃就好。」

出現啦！對公家糧食的正面評價！為什麼一要訪問，就讓你剛好找到一個喜歡公家糧食的人呢，暉侍？我覺得東方城的居民要是看到這一段，一定覺得這是找來演戲的假受訪者吧！

「真是太好了，看來東方城的居民對公家糧食還是很滿意的，西方城的大家來玩的時候也可以放心吃喔——」

喂！你只訪問一個嗎！這抽樣調查也太偏頗了啊！況且這個受訪者馬上就要離開東方城，事後想找出他是誰還找不到耶！你至少也多問幾個人的意見，這樣才有公信力啊……嘖，居然沒有人在排隊！這時間大家都不餓所以不來領？

「你們這是在做什麼啊？」

硃砂被修葉蘭自說自話的態度搞得一頭霧水，范統只好做個解釋。

「是個景點介紹的節目啦……應該說是影片，之後不會給大家看的。」

不會給大家看的話，是要留著私藏嗎？私藏這種胃痛的東西做什麼，詛咒真是好煩啊……

「……要給大家看？那你就可以順便在裡面徵婚了。」

珠砂花了幾秒理解反話的意思後，冷淡地說了這麼一句。

「徵、徵婚？公開在影片裡徵婚？就算很久沒見面，你也不必這樣酸我吧！可惡，我想交女友的事情也沒提過幾次好嗎？你為什麼會記得！」

「徵婚啊？這真是公器私用的最佳典範，范統你真的想這麼做嗎？你蠢蠢欲動了嗎？想的話我也可以配合你介紹一下喔，我們東方城的代理侍大人目前未婚，女友徵求中，條件你自己開——啊，萬一說成反的就糟糕了呢。」

暉侍你跟著鬧什麼啦！這樣做太丟臉了！珞侍鐵定會當面恥笑我，米重又會來挖八卦，而且兩城的人都會看到，這像話嗎？

「你要是不徵的話，可以讓我徵嗎？我還在尋覓下一個獵物中。」

范統都還沒說話，硃砂就語不驚人死不休地補上了這樣的要求。

這種離譜的請求你也不說個請字？你徵婚的話是要怎麼徵，徵一男一女嗎？別鬧啦！

為了避免詛咒作怪，范統以搖頭代替言語，慎重地表示了他的立場。於是硃砂感到沒趣地哼了一聲，隨即抱起算好交給他的十三包公家糧食。

「那我要走了。」

不讓你徵婚就要走啦？真現實。

「范統，你室友要走了，那我們就跟他說聲再見吧。」

嗯……你這名詞用得真精準，的確只是室友，不是朋友啊……

「再見，我不會告訴月退有遇到你。」

「不需要。再見。」

跩什麼啦！反正看了影片也會知道啊！

目送硃砂離去後，由於攤位附近忽然來了幾名少女，修葉蘭便過去招呼了。

「諸位，請問是來領公家糧食的嗎？不知道能不能訪問一下吃過的感想呢？」

原來你還是有訪問其他人的意思啊？但這幾個是原生居民耶。

「我、我們不是來領公家糧食的……」

只見少女們含羞帶怯地低下了頭，修葉蘭頓時訝異地追問。

「嗯？那麼是來做什麼的？」

「梅花劍衛大人，請問——請問可以跟您要個簽名嗎？還、還有握手！合照！」

范統一點也不覺得意外，只是有點想看向遠方感傷一下，畢竟這種事情他遇都沒遇過。

臉長那樣有人要簽名也不奇怪啦……可惡，被女孩子包圍什麼的，好羨慕啊……

對於臉上寫著滿滿愛慕的少女，修葉蘭早就應付得很熟練了，瞧他很快就帶著笑容與少女們交談起來，范統只能看看周邊建設打發時間，一看之下，立即發覺一個刺激心臟的地方。

綾……綾侍大人後援會總部？原來開在這裡啊！為什麼要讓我發現這種事情呢，我只是想看看街景做個消遣而已！這種令人不舒服的地方原來可以光明正大開在街上嗎！

進去了一個男的。出來了一個男的……手上拿著什麼！又出來了一個男的，表情看起來就像在裡面輸光了錢卻又很幸福一樣啊……不！這個男的是米重！

看見米重的瞬間，范統就決定當作沒看到了。移開視線後，修葉蘭正好也跟少女們說了再見，轉身朝他走過來。

「范統，你……怎麼了嗎？臉色這麼難看？」

對不起我剛剛不小心看見了綾侍大人後援會總部。對不起我不應該好奇。對不起我還看到米重，我覺得真是渾身上下都不舒服啊，我到底該怎麼告訴你呢？我真是大錯特錯。

「難道是因為剛剛的女孩子嗎？別灰心嘛，世界上的人那麼多，其中一定有人想要你的簽名，只是沒遇見你而已。」

你誤會了！華華麗麗地誤會了啊！在你那種鼓勵的眼神下，我如何解釋這個誤會？誰羨慕你被討簽名，我只是想被女孩子包圍，哀傷之下又看見一個我不想了解的世界啦！

「剛剛也順利取得了一些對公家糧食的感想喔，代理侍大人要不要也試吃看看，然後給我們感想呢？」

我才不要吃！我不吃也可以給你感想！

「我都吐過多少次了！分明就超好吃的，沒必要再吐一次吧？決定了，我卸下代理侍這個職位後第一個輕微政績，就是改劣私家糧食！至多變成入口會排斥的程度，一定要變難吃！」

范統好不容易找到一個工作目標，並大聲說出了他的雄心壯志，然而修葉蘭聽完卻用嘆為觀止的神情看向他，接著潑了他重重一桶冷水。

「代理侍大人啊，你知道嗎？最簡單的添加調味料，十份公家糧食算一串錢成本好了，只算最低消耗量，一天最起碼就要增加二十萬串錢的成本喔，這錢應該誰來出呢？你的魄力我很敬佩，已經有在國主陛下面前為全民爭取福利的覺悟了嗎？」

……一天二十萬串錢？原來一天最低消耗量是兩百萬份？不是沒什麼人要吃嗎！雖然我以前沒錢的時候也會吃，但是這實在——！

「很高興東方城景點參觀的部分，以代理侍大人了不起的發言作結。接下來我們要前往西方城囉！期不期待？」

你怎麼就這樣自己擅自結束！這麼快就要去西方城了？這企畫之所以堅持一天跑兩城，是因為跑一半如果沒錢就可以不要去另一個城了吧！堅持一天回家是因為兩天的話就得多付住宿費了，是這樣沒錯吧——！

儘管修葉蘭的心情似乎從玄殿的打擊中恢復過來了，但范統對接下來的行程，還是覺得不要期待比較不會受傷害。

一日遊之西方城

人如果餓著肚子，是什麼也做不好的，至少對范統來說是這樣。要前往西方城之前，范統跟修葉蘭還是先在東方城吃了午餐，當然，不是吃公家糧食。

「假如要秉持省錢觀光的精神，我們應該以身作則吃公家糧食才對啊，范統。」

修葉蘭對於范統拒吃公家糧食的做法搖頭嘆氣，但范統不打算做出任何妥協。

「反正珞侍說這趟的經費都由他來出，此時不吐更待何時！」

有人請吃飯的時候就不要客氣啊！你不是常常沒錢吃飯得厚著臉皮領公家糧食嗎？這種時候為什麼不拿公費吃一下？

「不過這樣好像觀感不佳呢……」

「把我們吐飯的畫面通通剪掉，不就好了嗎？」

這麼簡單的道理，修葉蘭自然不可能想不到。

「唉，我本來想拍拍我們和樂吃飯的畫面，告訴大家東方城與西方城的高層關係還是很友好的呢，總要讓人們安心覺得現在真的不會開戰了啊，不會開戰才能好好來觀光吧。」

你真的有想這麼深嗎？你是要曬友情給誰看啦！你家皇帝要質變了喔！

「不過既然你覺得好好吃一頓比較重要，那也沒辦法，就依你吧。」

怎麼說得好像只有我想吃一樣，我明明也是為了你著想啊？算了，還是先吃比較重要，應該也沒多少時間可以吃，還得趕下午的行程呢。

雖然餐費報公帳，不過他們也沒有誇張到跑去大吃大喝的地步。解決完午餐，移動往西方城的路上，修葉蘭也順便介紹了一下傳送點的功用和價錢。接著，他們就往聖西羅宮前進了。

「那個……第一站是邪東羅宮，這是為什麼呢？」

這是什麼新興邪惡魔教基地的名字啊。只是至少不會像神王殿有那麼多的變化？我該感到安慰嗎……

「因為我們要介紹的景點幾乎都在聖西羅宮裡啊！」

……啊？

聽不懂你在說什……好吧，我給你解釋的機會。

「你不能解釋一下嗎？為什麼景點會在聖西羅宮裡面？聖西羅宮有要對外開放參觀？」

為什麼聖西羅宮就可以連續正確兩次？這不公平啊。

「沒有要對外開放參觀啊。」

那你是在介紹什麼！你是在介紹什麼！你介紹個鬼啦！

「事情是這樣的，因為西方城的景點呢……有的施工中，有的太貴，有的路太難找，結果西方城的旅遊部分就變成自由行了。別擔心，街上的人都很友善，就算你看起來是東方城的人，他們還是會很熱情地替你指路，告訴你哪裡好玩唷！」

沒搞定就等搞定了再來拍影片啊！你是在急什麼！

范統還沒追問，修葉蘭就先察覺他想說什麼而開了口。

「我知道你一定想問為什麼不準備完畢再開始，事實上是因為這陣子比較有空，下次要再空出一整天的時間，真不知是哪年的事啊，啊哈哈……」

那工作勞累哀傷的笑聲讓范統勉強將想罵人的話吞了下去。

「總之，西方城的部分就變更成單純的介紹了，至於為什麼幾乎都集中在聖西羅宮，一方面是因為皇宮比較神祕、比較吸引人，一方面也是因為……對不起啊，西方城的景點我其實不太熟……」

修葉蘭說著說著，又陷入了某種惆悵的情緒中。忽然間哀傷起來的氣氛，使得范統有點手足無措。

這……這種時候應該故作輕鬆嘲笑你身為梅花劍衛卻跟西方城不熟，讓你打哈哈帶過去嗎？可是我辦不到啊！

此刻旁邊又沒有別人可以幫忙說幾句話，在只能靠自己的情況下，范統簡直胃都痛了。

「范統，你想了那麼久，該不會是在煩惱該怎麼安慰我吧？」

你怎麼知……你怎麼自己破梗啦！這樣我還安慰什麼！

「哇，我說中了嗎？你人真好啊，這種時候明明應該責罵我要我回家好好反省吧？嗯，要是你一直以這麼體貼的心面對自己的工作，大家一定很快就會發現代理侍大人是最有人情味的侍。」

發現這種事情要做什麼啦？這樣有什麼事情想投訴不就都會來找我，我的工作就變多了耶！

「既然你已經了解狀況，我們還是快樂地去介紹聖西羅宮吧！門口應該會有接待我們的人，說不定已經在等囉。」

讓別人等待，對范統而言是一件不好意思的事。於是他們加快腳步前往聖西羅宮——但卻在看見宮門時止步。

宮門前就只站了兩個人，因此那兩個人也格外醒目。

「皇、皇帝陛下親自出來迎接啊……這一定是看在你的面子上吧，壓力好大……」

站在那裡的人是月退，不是那爾西。修葉蘭當然一眼就可以分出來，即使他們現在的長相很相似。

「日進來迎接我們是沒什麼不好啦，只是為什麼天羅炎也來了啊？明明是這點壓力比較小吧？」

看著站在月退身旁英氣勃勃的少女，范統不由得跟著覺得棘手。雖然他沒有應付天羅炎的經驗，但她很麻煩的事情，大家都聽說過。

帶著自己的劍一起出現是沒有問題，可是為什麼要讓她化為人形呢？這樣感覺至少不是一個人在等，比較有伴嗎？

「事到如今也只能硬著頭皮走過去了，反正打個招呼就好了吧。」

修葉蘭調整了一下領巾後，立即冷靜下來。確實也只是兩個人罷了，沒什麼可怕的。

「啊……范統！你們來啦？」

只要到達一定距離內，不被月退察覺根本是不可能的事情。一發現范統的身影，他便以瞬間明亮起來的神情打了招呼。

呃……西方城少帝以一副很熟的態度跟東方城的代理侍打招呼，卻忽略自家的梅花劍衛……這樣真的沒有問題嗎？這段要不要也剪掉算了？我覺得需要剪掉的部分還真多。

「范統，你們吃過飯了嗎？我等了你們好久……」

死了。糟糕，是想一起吃飯所以從中午開始等的嗎？你們就在這邊曬太陽烤了這麼久？西方城到底是怎麼聯絡的啊！連會不會過來吃午飯都聯絡不好嗎？

就在范統想先道歉、月退看起來還有什麼話要說的時候，天羅炎突然戳了戳月退的手臂，接著又指了指修葉蘭。

嗯？記得天羅炎是個想當男子漢的劍靈，男子漢就該豪邁地一巴掌拍下去才對吧，怎麼用戳的？最近多了點女人味嗎？不過，妳指暉侍，是要做什麼啊……

因為心靈相通到器化境界的關係，天羅炎一句話也不必說，月退就可以知道她想說什麼，因而神色陰沉了下來。

「就是你呀，梅花劍衛，上次我的劍受你照顧了啊。」

啊？什麼東西？我跟不上這個話題，你們之間發生了什麼我不知道的事？

「那個……後來出了什麼問題嗎？愛美之心人皆有之，改變會帶來生活樂趣嘛——」

暉侍你的解釋我一點也聽不懂啊！快告訴我這是什麼狀況，你做了什麼糟糕的事？這一人一劍其實是要堵你把你砍回水池的嗎？

「你不需要解釋，反正不管你說什麼，對我來說都一樣。」

月退你這話通常說完以後就是拔劍了吧？可是你的劍在旁邊，你們到底？

「月退，之前發生過什麼很不嚴重的事情嗎？是……道謝不能解決的？」

與其在心中糾結，不如開門見山地問一問。問題是他問的，月退總不會不肯回答。

「范統，這件事情跟你沒有關係，不知道也無妨。」

什麼叫跟我無關啦！

「范統，你聽我解釋——」

雖然月退不要你的解釋，但跟我解釋也沒有意義啊！現在是怎樣，金毛的事情不要管，黑毛的說什麼都不要聽嗎！

「梅花劍衛，你該做的事情是對范統解釋嗎？」

的確是不該，可是……

「月退！又不講清楚，那到底是在凶什麼啦！現在不是來拍影片的嗎？私恩等到你們獨處的時候再解決啦！」

在范統這麼吼完後，月退和修葉蘭同時看向他，一瞬間安靜了下來。

「……說的也是，至少在宮外的工作要好好做完才對……」

氣勢弱下來啦？很好。宮內的工作是指你丟給那爾西的那些嗎？說起來聖西羅宮這裡的氣場依然讓我很不想進去，幸好沒真的拿來當景點，否則應該會發生很多怪事吧？

「對不起，如果上次我帶天羅炎小姐去換可愛的衣服造成您們的困擾，那不是我的本意，請讓我道歉。」

修葉蘭說出這樣的話後，范統總算勉強搞清楚發生了什麼事情。

什麼啊！這是什麼芝麻綠豆大的事！

「不就是帶男孩子去逛街買衣服嗎！這有必要這麼計較？而且那個男孩子自己也接受了啊，月退你在意些什麼？」

詛咒讓我的反話變得很失禮啊啊啊啊——不過是天羅炎的話，會不會比較喜歡聽到男孩子？

「可是，分明是用花言巧語拐她接受的——」

「什麼樣的葉言拙語？」

「說會讓我覺得很新鮮，搞不好會喜歡之類的……」

「那你到底覺得怎麼樣啊？」

「天羅炎就是天羅炎，不適合那樣的打扮！」

你真是個讓人無力的小孩子。你怎麼不乾脆說要打扮只能你來打扮。而且那時候你在不在場啊？當面不發作，過了這麼久才來計較……

「好了，你們不要囉唆，握腳和好！」

范統說著，抓了月退跟修葉蘭的手，便要求月退別再計較之前的事情。握手的時候修葉蘭的臉色有點蒼白，大概一樣是壓力很大的問題。

手握完以後，天羅炎又戳了戳月退的手臂，看來有話想說。由於他們又直接心靈溝通了，范統跟修葉蘭根本不曉得他們在進行什麼樣的交談，只能看月退的臉色來猜。

天羅炎為什麼都不自己說話啊？聽說一向都很直來直往的啊，還是現在的話，她只想對月退說？

只見月退先是神情難看，接著又慢慢變柔和。到底說了些什麼，范統實在很好奇。

你們感情還真好啊……不覺得公然說悄悄話很不道德嗎？我覺得好像有被閃光閃到的錯覺，到底是不是錯覺啊。

「嗯？你們在等我們談完嗎？不好意思，可以開始了，需要做什麼呢？」

一下子又變回無害的鄰家少年啦？你氣場轉換得這麼快，別人適應得很辛苦耶。

「請問……所以，決定原諒我了嗎？之前的事情是否有冒犯到天羅炎小姐？」

修葉蘭似乎沒得到結論不會安心，因而追問了這樣的問題。

「剛才不是在談這件事。」

月退一語帶過，倒是天羅炎終於開了口。

「我跟恩格萊爾說，一樣的臉會讓我產生迷惑，只是因為我希望你臉上的笑容跟開朗也能在他臉上看到而已。要是他也能常常快樂就好了。」

哇，妳果然直來直往，就這樣把悄悄話講出來啦？雖然我覺得暉侍他也有很多煩惱，只是妳聽不到，但月退的不開心應該真的很多吧，完全能聽到的話的確會為他擔心呢……

「天羅炎……」

因為覺得有點尷尬，月退不由得唸了一聲，至於他有沒有用心靈溝通埋怨，只有天羅炎本人才知道。

「要學習開朗嗎？我們可以從面對鏡頭、好好拍張紀念照做起啊！正好要開始介紹聖西羅宮了，就讓我們一起比個『耶』合影留念吧！」

大概是月退收起了氣勢的關係，修葉蘭的膽子又大了起來，聽他說要拍照擺姿勢，月退充滿疑惑。

「那是什麼姿勢？」

「范統你示範一下。像這樣，嗯，跟著他比就對了，手再抬高一點，放在這邊——」

「我也要嗎？」

跟著舉起手做動作的天羅炎，不太確定地追問。

「好，先來一張——既然人都在這裡，我們也一起拍一張吧！」

比個「耶」拍照，對范統來說當然不是問題，於是他們就這樣以這種史無前例的組合拍了魔法照片，影片裡多半也記錄了拍照的段落。

啊……我們在聖西羅宮門口跟傳聞中凶狠冷血沒人性的西方城少帝和樂地合照了呢，不知道東方城的居民到底會有什麼想法……是說，月退你是不是忘了纏布條啊？雖然其實也沒差啦……

「很高興今天有機會為大家介紹聖西羅宮，而且剛好在這裡碰到了恩格萊爾陛下！陛下，能不能請您告訴我們，裡面有沒有什麼比較有特色、您推薦給大家了解的地方？」

被突襲訪問的月退，顯然沒有心理準備會碰到這種問題。

「唔？拷、拷問房？」

於是一回答就是必須剪掉的答案。

「陛下啊……想不出來的話，直接回答現成的答案就好了，像是天頂花園之類的，再來一次好嗎？」

他點了點頭，修葉蘭便接著重問了剛才的問題。月退死板地回答了天頂花園後，這部分才算過關。

「兩城的觀光旅遊計畫就要開始了呢，您有沒有什麼話想對即將造訪西方城的旅客說？」

基於必須有個收尾，即便知道月退不太擅長臨場回答這類的問題，修葉蘭還是問出口了。

「嗯？西方城沒有什麼好玩的吧……」

於是得到了非常狀況外又不給面子的回答。

那是因為你成天往東方城跑，根本不關心西方城的關係吧！西方城到底有什麼好玩的地方，有沒有哪個道地的西方城居民可以來回答一下這個問題啊！

「對不起，請再回答一次，隨便說句歡迎的話就好了啊，陛下。」

從修葉蘭的表情看來，他只怕有想哭的衝動。大概是一直對月退提出重來的要求，讓他擔心自己會惹惱上司吧。

「一定要說嗎？」

月退，你就這麼不歡迎人家到你的國家來玩？還是你真心認為西方城沒什麼好玩啊？」

「真那麼難說出口的話……就算了啦。」

勉強上司開口跟徹底剪片之間，修葉蘭選擇了後者。

聖西羅宮之行，看樣子好像一開始就不太順利的樣子。

一日遊之西方城第一站：聖西羅宮的廚房

結束門口的部分後，月退就說要回家了。如果不是聖西羅宮，或許他會有興趣跟著一起跑，但很不巧的，他們要介紹的就是這個世界上他唯一不想久待的地方，這種情況下，他自然不可能和他們一道走。

「你們今天下午都會待在聖西羅宮？」

這個時候，天羅炎已經變回劍掛到月退腰間了。對於范統難得來西方城，卻都待在聖西羅宮這件事，月退顯然不太能接受。

下午的行程范統並不清楚，所以就由修葉蘭來回答。

「是的，陛下。」

「不能介紹鬼牌劍衛府嗎？鬼牌劍衛府也挺有特色的啊。」

於是，西方城的皇帝開始提出規格外的意見。

鬼牌劍衛府也不過就是蓋在城外的某人的家啊！特色在哪裡！還是因為現在那裡也算皇帝居住地所以應該介紹？

「呃，我們沒有這個打算……」

「不能排進去嗎？聖西羅宮介紹那麼久做什麼？」

規格外的意見，開始變成強制的要求了。

「當、當然可以排進去，那就把聖西羅宮原本要介紹的地方刪掉一個，我們最後繞過去一趟吧！不過能不能請陛下您先準備一些能讓我們拍的東西呢？」

「嗯……練劍場應該沒問題吧，如何？」

「練劍場是嗎？練劍場當然很好啊，沒有問題！」

判定一般話術應該對月退不管用後，修葉蘭只能硬著頭皮答應下來。得到允諾，月退這才心滿意足地離開。

「我們還真的要去神牌劍衛府？」

聖西羅宮就已經夠離譜了，跑去鬼牌劍衛府會不會離題太遠啊！至於神牌這個反話，我……基本上也懶得說什麼啦。

「既然陛下希望我們去，我還能怎麼選擇呢？反正練劍場的話，說不定有些好東西可以拍，就去看看也沒關係。」

「你說的壞東西是什麼啊？難道是月退跟人打架的畫面？」

「是啊是啊，拍拍我們皇帝驚天地泣鬼神的身手，也好讓來西方城玩的人知道，不要在這裡惹是生非。皇帝陛下生氣的話，來三個黑色流蘇也不夠殺。」

你是要他展現身手到什麼地步才會讓人有「來三個黑色流蘇也不夠殺」的體悟？到那種地

步的話，鬼牌劍衛府都被他拆了吧！

「好啦，接著就開始我們聖西羅宮的介紹行程吧，范統，跟我來。」

修葉蘭嘆了口氣，搥搥自己的肩膀，然後便招呼范統跟上，準備前往第一個介紹地點。

有了先前的經驗，范統已經不期待修葉蘭會介紹什麼了不起的地方了，然而，他帶著他抵達的目的地，實在離「了不起」這個詞太遠。

「首先我們要介紹的，是個對我本人來說充滿回憶的地點——聖西羅宮的廚房。」

在修葉蘭打開廚房的後門，笑容可掬地說出這樣的話時，范統覺得自己的眼神一定跟死魚差不多。

廚房……啊？這樣子喔？所以這裡有吃的嗎？介紹廚房到底要做什麼啦……

「代理侍大人，怎麼一臉了無生趣的樣子呢？這裡可是有很多我童年的回憶耶，就當是私心，讓大家看看這個地方，也沒什麼不好啊。」

即便修葉蘭這麼說，范統依然沒辦法對自己死魚般的眼神做出改善。

你要讓你身為皇子卻得到廚房拜託廚娘才能拿到蛋糕的事情，被世界上所有的人知道嗎？這種事情我知道就好了，要回憶不會私底下回憶啊？

「這個時間來，廚房裡有很高的機率會出現蛋糕，噢，你看——」

他說到這裡，忽然出現了「啪啪啪」的背景音，乍聽之下好像翅膀拍動，這點也很快就獲得證實。

一隻雪白又圓滾滾的鳥在他們眼前飛了進門——然後熟練地在地面降落、咬破穀物袋，就這麼旁若無人地吃了起來。

「……」

「……」

修葉蘭當然不會不認得自己弟弟的愛鳥，范統也不會認不出這隻跑來送過很多信、吃了他很多公家糧食的貪吃鬼。

影片可以剪輯，但可沒辦法把環境裡的鳥剪掉。現在到底要針對雪璐發表一些意見，還是視若無睹地繼續，必須做出選擇。

「因為今天有拍影片的需求，所以廚房的人就暫時迴避了，不然搞不好還能遇見小時候給過我食物的工作人員？真是可惜。」

所以你打算無視那隻鳥了嗎？我覺得給過你食物如果是同情你才給你，也就算了，給個食物還要刁難你的，想必已經被你弟做掉了。

「你真的不想遇見他們嗎？」

雖然你打算採取無視對策，但我還是會不由自主地注意牠耶。這鳥吃得還真爽啊，也太爽了吧……

「啊哈哈，我說說罷了，回憶這種東西，當然還是維持回憶的狀態比較美啊。」

「還是其實你懷念蛋糕的味道，特地來這裡就是想吐上一口？」

「噢，怎麼說呢？以前拿了也不是我在吃啊。」

修葉蘭說到這裡，那隻被他們無視的白鳥彷彿忽然發現還有別的食物，又拍拍翅膀飛上了桌子，就這麼吃起了那個回憶中的蛋糕。

「……」

「……」

搶鏡頭搶成這樣，這下子兩個人是徹底無言以對了。好半晌，修葉蘭才苦笑著擠出一句話。

「代替你主人吃嗎？也不錯啦……」

「啾啾。」

吃你的啦！不要回答！

一日遊之西方城第二站：聖西羅宮的議事廳

廚房之行，基本上就只是修葉蘭的懷舊行程，因為雪璐的打擾，結束得也很快。雪璐是否時常像這樣來廚房偷吃東西，他們就不想追究了，至於要不要把這隻鳥拎回去給那爾西……看牠吃得這麼盡興，范統跟修葉蘭決定還是不要管牠比較好。

「剛剛的廚房只是介紹中的開胃菜，現在我們去吃主菜吧。」

誰跟你開胃菜！這根本沒必要吃好不好，我們明明可以直奔主菜啊！這樣拐彎抹角是會讓主菜在對比之下變得更好吃嗎？所以你現在是要帶我去哪裡？

「現在要回什麼地方？」

「咳，難得一見的——聖西羅宮的議事廳喔。」

難得一見？好吧，對大家來說是難得一見沒錯，我也沒見過幾次，畢竟重要的事情幾乎都不是在那裡決定的嘛……重要的事情幾乎都是在那爾西處理公文的書房決定的啊。

雖然范統心裡對這個議事廳有點意見，但至少這是個正經的地方，所以他沒多抗議什麼，就跟上去了。

廚房到議事廳有一小段距離，中間走路的時間，就由修葉蘭講述了議事廳建成的歷史。比起歷史，范統其實比較在意裡面的灰塵是否有掃乾淨，平時沒在使用的模樣如果拍得太清楚，可是很尷尬的。

由於他們抵達時大門敞開，很容易就可以看見大圓桌旁坐著一個人，那個人身邊則站著一個人，還剛好拍了桌子——他們兩個登時一愣。

哇，暉侍，又該剪片了嗎？

「你為什麼從剛剛到現在都不回答我的問題！」

這聲氣急敗壞的質問，來自平時幾乎沒在盡職的鑽石劍衛，月璧柔。

「我為什麼必須回答妳的問題？不過是個鑽石劍衛。」

即便有人在自己面前拍桌子，那爾西的態度還是相當冷靜。

「你瞧不起鑽石劍衛嗎！你也不過是個代理皇帝啊！」

「噢。那麼，不過是個跟我無關也不負責保護我的鑽石劍衛，這樣可以了嗎？」

人在外頭還沒進去的范統跟修葉蘭，一時找不到進去的時間點。

那爾西你……跟這個女人有仇嗎？你是不是每次跟她說話都很嗆啊，還是這又是我的錯覺？對了，順便一提，我也覺得鑽石劍衛沒什麼了不起，在東方城的話，意義大概等同於音侍大人吧。

「你到底來這裡做什麼，這裡又不需要你！」

「明明是不需要妳才對，而且每個地方都不怎麼需要妳。」

你這句話鐵定讓她恨你恨得牙癢癢的。那邊那個哥哥，你就不能把你弟弟教得恭謙有禮一點嗎？

「什……要不是恩格萊爾給你容身之地，把他的工作讓出來給你，你也是個不被需要的人好嗎！」

哇喔這個解讀角度是不是有點新奇啊？還有，用「也」的話，不就代表妳承認各處都不需要妳了？

「我跟恩格萊爾的事情，沒有妳評論的餘地。」

你們兩個是怎樣？算了，我不想知道，嗯，我不想知道。

「反正你快滾出去，我不想看到你！」

「真是奇怪，妳不是最喜歡看美男子的臉嗎？莫非妳的審美觀有問題，不然怎麼會不想看到我呢？」

那爾西此話一出，范統不由得又看向身邊的修葉蘭。

果然是你弟！果然是你弟！他其實也有自戀的成分吧！應該說知道自己長得很帥吧可惡！還有啊，沒有那個意思就不要調戲女人啦！等一下她去找音侍大人哭我告訴你。

啊對了，那爾西，要看的話，她可以去看月退就好。

「你……長得帥又怎麼樣！個性這麼爛，一下子就可以壓過臉的優點了！」

兩位現在是怎樣？進入相親模式了？所以，如果他改掉他的爛個性的話，妳就肯拋棄音侍大人嗎，璧柔小姐？

「我的個性如何，可不需要妳來替我擔心。應該回去的是妳，別再囉唆。」

你們可不可以別再吵誰要回去？我都想回去啦！

「你連笑一下都不會，留在這裡有什麼幫助！影片是要拍給大家看的耶！」

這倒是有點道理。有笑容確實比較討喜，那爾西你這個面癱冰塊真的必須改進啦，雖然個性比以前柔軟了，但還是距離友善很遙遠啊……

「我連笑一下都不會？」

那爾西重複了一次這個問句，然後看向璧柔。

「妳確定？」

……

我是不是看到什麼稀有畫面了……笑了啊！居然笑了啊！這比議事廳還要難得一見好不好！那邊那個哥哥，你看到眼睛都發直啦！

議事廳內的璧柔一時無語，那爾西則覺得一切很無趣似地哼了一聲。這時候，終於有人介入這樣的氣氛。

那個遭到刺激的哥哥總算忍不住衝了進去。

「那爾西——！你再笑一次啊！太短了吧！」

暉侍，你太激動了吧。難道你剛剛沒拍到嗎？影片不是都自動錄影的？你回去把這段剪下來自己保留，每天看它個千百次不就好了，只是這千百次裡面沒有一次是在對你笑而已啊。

「你是哪時候冒出來的……」

那爾西顯然也受到了驚嚇，不過這個時候的修葉蘭完全不管會不會嚇到自己弟弟。

「為什麼哥哥在面前就不行呢？因為哥哥不是女的嗎？這太不公平了啊！」

啊，遠方的硃砂，你看看吧，我就說他是個愛弟成痴的傢伙，這種對象不要選啊不要選。

「你是來辦正事的吧！修葉蘭！」

那爾西試圖喊醒他哥哥，可惜效果不彰。

「你不笑，我就不開始！」

喂喂，暉侍！我真是太不忍說你了！不要弟弟在眼前就把一切拋後頭好不好？我說真的，我要回去了喔！

「梅花劍衛，你這種態度也太有病了吧……」

璧柔忍不住說了這麼一句之後，那爾西又冷冷地看向了她。

「他怎麼樣，輪不到妳批評。」

你別再針對璧柔了，先搞定你哥！

「那爾西，先理會我的要求啊！」

算了，你搞定不了你哥的話，那就我來吧……

做出這樣的決定後，范統掏出了身上現有的幾張符咒，好整以暇地選出一張後，熟悉一下符力與法力在體內融合的感覺，接著便左手握上噗哈哈哈，右手又快又狠地將符咒投擲出去。

閃光咒！

當然，他記得閉上眼睛再丟。因此，有噗哈哈哈加持的閃光咒到底閃到什麼天怒人怨的地步，他只能從璧柔的尖叫與修葉蘭的慘叫來判斷。

呼，身心舒爽、身心舒爽啊，閃給你死！暉侍你再亂來嘛！企畫是你提的，拖了我下水卻一直亂來，誰會一直忍你！至於旁邊一起被閃瞎的璧柔跟那爾西，我只能說聲抱歉了，我只是想好好跑行程啊！

「暉侍，你鬧夠了沒？是不要介紹議事廳嗎？你到底在做什麼？」

「對不起……」

修葉蘭一面道歉，一面痛苦地摀著眼睛。看樣子猛藥下得太重，還得等大家視覺恢復才能繼續，否則就只能當睜眼瞎子。

「范統你為什麼要連我們都一起攻擊！你有沒有良心！」

璧柔不愧是愛菲羅爾，只不過這一點時間，她就恢復過來了，看來溫和的閃光咒對她來說只是小意思。

我「們」？妳倒是把那爾西也算進去啦，我真是意外耶。

「噢，閃暗咒無法控制範圍，真是好意思，請別見諒。」

詛咒總是會讓我本來就沒誠意的道歉變成更沒誠意，唉。說起來那爾西倒是沒有抱怨呢，我原本還以為他也會用對璧柔的態度刺我幾句……

「好吧，我先確認一下。一開始接洽的時候，我好像是找那爾西過來幫忙的？」

這兩個人之所以會在這裡吵架，就是因為沒預期會在這個地方碰面。修葉蘭這麼問了以後，那爾西也在閃光的暈眩後遺症還沒消退的情況下點了點頭。

「是因為你拜託，我才來的，不然誰有這種閒時間。」

他言下之意就是根本不想來的意思。至於為什麼不果斷地離開好讓璧柔表現，大概是個人喜惡的問題。

「咦！可是，是恩格萊爾找我來的啊！」

聽了那爾西的說法後，為了避免被當成來搗亂的人，璧柔也連忙提出自己來這裡的理由。

「呃……陛下叫妳來？他怎麼會請妳來呢？」

因為想釐清問題所在，修葉蘭只能追問。

「他說今天要到宮門口迎接你們，可是已經有天羅炎陪了，就叫我來議事廳等等看，說不定你們會介紹到這裡嘛！比起這種沒禮貌的代理皇帝，我可是與西方城共度了許多歷史的護甲耶！我來幫忙當然適合很多！」

啊？妳這種時候就會強調妳的幾百歲高齡啦？應該是幾百歲沒錯吧？

「總是在外玩樂也叫共度嗎？活那麼久，妳到底在聖西羅宮待過幾天？」

會心一擊。那爾西，要是用言語當攻擊技能，你一定金線三紋了。

「你還沒出生的時候我就待在聖西羅宮了呢！」

「但我出生的時候，妳一定不在聖西羅宮。」

啊，我修正，突破金線三紋啦。

「那爾西，你出生的時候，哥哥應該有在聖西羅宮的喔！」

「後來就去夜止了……」

怎麼連你哥也攻擊啦！語調裡還帶著淡淡的哀傷，你是要你哥死嗎！不要小看他的玻璃心啊！

「范統，我沒有辦法完成這個企畫了，謝謝你陪我走到這裡，啊，我覺得我的人生甚至要在這裡畫下句點，接下來請代替我走下去吧……」

「你不要一逮到機會就不交代遺言！你妹現在就在你身後，有什麼好畫下逗點的！」

光是一個閃光咒，要讓修葉蘭醒腦似乎還不夠。范統正想摸出第二張，那爾西就開口阻止了他。

「別再丟符咒！這裡是聖西羅宮的議事廳，麻煩維持尊重，否則我就請鬼牌劍衛來維持應有的秩序。」

那爾西心中到底有沒有聖西羅宮，范統抱持懷疑的態度。但可以確定的是，他不想再被閃光咒波及。

為什麼是找矮子來啊？因為你隔壁那個鑽石劍衛不會保護你？不過魔法劍衛的職務到底包不包含保護代理皇帝呢，這真是個好問題。

「你姊被你打擊成這樣，你說我要怎麼進行下去？」

在范統抗議後，那爾西低低嘆了口氣，接著便瞪向修葉蘭。

「修葉蘭，你到底要不要好好工作？」

「我不要我是個失敗的哥哥我找不到工作的意義……」

「假如你確定你要為了幾句話的打擊就放棄人生，我這就告訴珞侍你心中果然只有我這個弟弟。」

「對不起我現在就工作。」

太好了，你終於要工作啦？我真不知該高興還是悲哀。

「咳咳，總之呢，我們要進行介紹議事廳的部分，如果璧柔小姐可以不跟那爾西吵架的話，當然也歡迎一起在鏡頭前努力。」

雖說璧柔是月退叫來的，皇帝的面子應該比較大，但以程序來說，她才是本來不該出現在這裡的那一個。因此，修葉蘭做出了這樣的決定，璧柔則不太滿意。

「想吵架的人是他吧！為什麼需要被約束的只有我呢？」

你們兩個半斤八兩啦。

「呃……那爾西，你願意聽哥哥的勸告，多禮讓女士一點嗎？」

「她不是人。」

乍聽之下是在尖銳地罵人，卻又像是在講道理？雖然你說的也沒錯啦，可是這下子不就又要吵起來了嗎？

「是人很了不起嗎！一天到晚生病躺床，被劍砍會受傷、隨隨便便就會死、不吃東西就沒體力、擦破皮還要好幾天才會好，簡直比公主還嬌貴，你根本不像個男人！」

吵架層級已經從人的範圍提升到人種了？如果是天羅炎那把劍，妳家音侍大人被砍一樣陣亡啦。

「妳又不是我的女人，有什麼資格質疑我像不像男人啊？」

那爾西似乎也有點動怒了，璧柔則朝他做了鬼臉。

「你連一個女人都沒有，搞不好也沒有經驗吧，長得帥也沒——用——」

女孩子不要自己把話題帶往糟糕的方向啦！啊，妳是幾百歲的老妖婆，好吧，當我沒說……我本來就沒說。

「修葉蘭！」

「怎、怎麼了？真的沒有跟女人交往的經驗嗎？哥、哥哥可以教你！隨時都可以問我！」

暉侍你是在回答什麼啦！

「把這個女人請走，我實在受不了她了！」

你終於得出你們無法好好相處的結論了嗎？可是請神容易送神難耶。

「范統——怎麼辦啊——」

為什麼是求助於我啊？好啦好啦，尋求增援。

范統這次拿出來的是符咒通訊器。送出與月退聯絡的請求後，很快地，月退的聲音就從符咒通訊器內傳來了。

『范統，怎麼了嗎？有事找我？』

「噢……是這樣的，我們在議事廳啦，可是那爾西跟璧柔相處得很融洽，都不想離開，如果這邊花的時間太少，等一下應該就來不及去神牌劍衛府了吧，先跟你說一聲喔。」

『把符咒通訊器拿給愛菲羅爾，我跟她說。』

好可怕喔喔喔！透過符咒通訊器也覺得有一股寒意，這是怎麼回事啊！要是你平時也有這種決斷的魄力與效率就好啦！話說回來就不能不去鬼牌劍衛府嗎？我還期待你理解地說「這樣啊真是可惜下次有機會再說好了」耶！

想是這麼想，不過范統還是乖乖將符咒通訊器遞給了璧柔。她充滿疑惑地接過去後，對著符咒通訊器應了一聲，隨即臉色蒼白，講沒幾句話，便又神情難看地把符咒通訊器轉給那爾西。

「拿去啦，恩格萊爾要跟你說話。」

聞言，那爾西露出了十分不想伸出手去接的表情。然而他終究不能這麼做，只能勉為其難地接手。

跟璧柔剛才的狀況差不多，那爾西也是接過去沒出幾次聲就臉色凝重，最後說了一句「我明白了」之後，又將符咒通訊器交還給范統。

「喂，我不是范統。」

『范統，應該沒問題了喔，晚點記得要過來。』

「呃？真的都有問題了嗎？」

『你們要是沒有出現，會發生什麼事情，他們都知道。』

你讓我非常介意剛剛的對話內容。現在是變成一定要讓我們好好出現在鬼牌劍衛府，使命必達了嗎？採用威脅的手段是不是不太好啊！

范統一結束通訊，修葉蘭便憂慮地問了結果。

「怎麼樣啊？我們可以開始了嗎？」

但回答他的人不是范統。

「立即開始，快一點。」

那爾西以僵硬的神情做出要求，璧柔也飛快地跟著點頭。

「嗯嗯！隨時都可以開始唷！」

太好了，你們終於有意見相同的時候！世界和平啦，這樣不是很好嗎？

「這異常積極的配合度讓哥哥我好緊張啊……那我們就充滿幹勁地開始吧！正式介紹！聖西羅宮的議事廳！」

有了必須快點結束的共識後，進行起來的效率就高多了。最讓范統感動的是，這裡有三個能說話的人，他根本不必開口，交給他們說，影片便能順利錄製。

儘管為了效率，介紹起來非常公式化又平板，感覺只是將已知的歷史流利地背出來，不過范統不怎麼在意這種事情。簡單來說，他對這個企畫的熱情如果一開始有七十分，現在大概已經被磨到剩下五分，只想交差罷了。

璧柔偶爾說錯的地方，會被那爾西糾正。這種情況下就是大眼瞪小眼，畢竟她不覺得自己說的內容有錯誤。像是想報復一樣，那爾西提到的歷史裡面，她也會故意挑錯，而她挑出來的錯到底是不是真正的錯，范統是搞不清楚的，只是覺得在這種不求真相只求快速的狀況下，看影片的民眾可能會被誤導很多事情。

「總而言之是個歷史悠久值得紀念的地方呢！想像一下開會時的莊嚴場面，頓時就有了一種好想參與其中的嚮往感啊。」

修葉蘭隨口補上的話語，使得范統臉孔微抽。

嚮往什麼啊，正常來說，你不也是必須坐在這裡開會的成員之一嗎！而且我只要一想到你們根本不使用這裡、月退根本不出席、大家也根本不怎麼開會，就覺得你睜眼說瞎話到了極點！東方城的會議開得頻繁多啦！東方城的露天議台使用頻率也高多啦！

「雖然沒有辦法開放參觀，不過還是希望可以透過介紹讓大家看看左右國家大事的地方唷。」

左右國家大事的地方不是這裡。再重複一次，是那爾西待的那個書房……

「沒我的事了吧？」

那爾西在說出這句話的同時，就等於幫修葉蘭決定接下來的部分要剪掉了。

「是差不多了啦……但是等等，你就這麼走了嗎？」

這邊在對話的時候，那邊的璧柔已經不滿地說要找去音侍，便先告辭。那爾西則在聽見這句話後皺起眉頭看向修葉蘭，似乎不明白他的意思。

「不是結束了嗎？我還有事情要忙，有話快說。」

「下一站是天頂花園吧，你安排了誰啊？」

聽了他的問題以後，那爾西也回答得很乾脆。

「奧吉薩跟雅梅碟。」

什麼……這什麼令人胃痛的組合啊？反正不過是個花園，你何不讓我跟暉侍自己來就好，安排這兩個是來亂的嗎？

修葉蘭的笑容雖然有點僵住，但從他的表情看來，他對這個答案並不意外。

「沒有問題的話，我就先——」

「那爾西啊，還有一件事情想麻煩你。」

不等那爾西說完，修葉蘭就上前用力握住了他的手。

「這麼簡單的請求，你一定不會拒絕我吧？」

接下來大約五分鐘的時間裡，范統第一次看到修葉蘭對那爾西展現身為兄長的影響力——而且是裝可憐博取同情的方式。

一日遊之西方城第三站：聖西羅宮的天頂花園

「喔喔！代理侍大人，這裡還真高呢！神王殿有沒有這麼高呀？」

「我又沒爬過，哪會知道！你要不要站出去一點，萬一摔上來怎麼辦！」

「啊哈哈別擔心，不就回水池嗎？這個小意思啦。」

「別用那麼陰鬱的聲音說！」

相較於范統和修葉蘭不知哪來的精神，另一個角落則是完全不同的氣氛。

「殿下，會覺得熱嗎？要不要喝點涼的？」

雅梅碟一面在那爾西身邊搧風，一面噓寒問暖。

「我到底為什麼要陪著來這裡……」

那爾西正在後悔他錯誤的決策，因而恍神。同樣站在旁邊的奧吉薩則維持沉默，似乎沒什麼特別想說的話。

「要在遠離地面的這裡建造這座花園，可是要費很多心力的喔！聽說當初從設計到建成花了三年呢，堪稱是當時西方城工匠的心血結晶！」

「三年也沒啥了不起吧，我老家那裡蓋得比這個短的少得是……」

「三年當然很了不起！這裡可是有魔法的世界！」

「那邪西羅宮蓋了幾年啊？」

「這個年代太久遠，無法考據。」

前面那兩個人顯然把後面的三個人徹底放置了。反正找他上來就是為了牽制奧吉薩跟雅梅碟的，那爾西深明其理。

「因為覺得很棘手所以找我幫忙……那直接叫他們回去不就得了，我也可以回去辦公了啊……」

那爾西已經恍神到喃喃自語而不自知了。但即使他說出了心裡話，旁邊的兩人還是沒有反應。

「一直站著很累吧，是不是搬椅子上來比較好呢？」

雅梅碟持續問著得不到答案的問題。

「……」

奧吉薩開始閉目養神。

「因為不是誰都可以上來的關係，這裡可以說是皇帝獨享的花園喔！」

繼續與范統對話的修葉蘭，彷彿就決定只跟范統對話了一樣，范統對這種狀況也頗感無奈。

「真的？符咒劍衛沒有許可不能上來嗎？」

我不是想做球給你去跟後面那兩個魔法劍衛接觸，我只是單純好奇。

「可以啊。」

答案果然是可以嗎！這算哪門子的皇帝專屬？

「宮男呢？宮男能不能上來？」

宮女啦。宮男怎麼聽怎麼奇怪，皇宮裡就算有男性僕從也不會叫這個好不好。

「代理侍大人，你問這個是想知道皇宮裡的宮女有沒有機會上來透氣的時候，碰巧與前來休息的皇帝陛下相遇，因而譜出一段身分懸殊的淒美戀情嗎？」

你是以前跟我借身體的時候少女漫畫看太多喔。還是你亂看電視？要是你們皇帝陛下在這裡休息到睡著，剛好上來的宮女只會成為他的手下亡魂！我說的是正牌皇帝，可不是那邊那個代理皇帝。

「我有興趣知道那種事情。」

「以前真的有發生過喔！不過實際發生當然一點也不美就是了……」

現實身分差距太大的戀情當然不美啊，不過我不想在這裡聽愛情故事，你換個話題好嗎？

「其實呢，這裡不開放一般人上來的原因，其中一個就是怕大家不小心摔下去或者有輕生念頭的時候來跳樓啊。從這裡跳下去一定會死，可以防範還是防一下比較好。」

重點在於這裡為什麼會有那麼多人有輕生念頭，多到必須防範吧！聖西羅宮的磁場如果不能徹底改善，你們乾脆打掉重建算啦！

「我一定是唯一一個跳下去沒死的人吧。」

後面的雅梅碟居然有在聽，因而感慨地發表了一句感想。

「……」

那爾西看了他一眼，無話可說。

「殿下，您有話想對我說嗎？」

倒是雅梅碟發現那爾西的視線終於轉到自己身上後，積極地做了詢問。

「我看錯邊了。」

那爾西以最快的速度將頭轉回來，改看向奧吉薩。

「黑桃劍衛怎麼了嗎？」

因為他持續追問，奧吉薩不得不睜開眼睛瞥了過去。

「我在想，紅心劍衛能活到現在真是優秀。」

「彼此彼此。你也可以跳跳看啊，說不定一樣沒事。」

雅梅碟堆起了笑容對奧吉薩這麼說，奧吉薩則回答得相當冷漠。

「我生平沒交過會用鞭子的朋友，恐怕沒機會嘗試。」

「怎麼這麼說呢，你也可以嘗試跟伊耶交朋友啊？」

聽到這裡，那爾西就更加無言了，特別是這兩個人還隔著自己講話。

「這種事情殿下去嘗試就好。沒有人會跟對自己用了鎖鏈之咒的人交朋友。」

這次那爾西是真的因為奧吉薩的發言而看向他了，同時還忍不住想問個問題。

「關我什麼事？我為什麼要嘗試跟伊耶交朋友？」

「您不是正在嘗試嗎？」

那爾西被他這句話堵得說不出下一句來，只好正視前方，決定不要再看這兩個人。

至於前方進行介紹的范統和修葉蘭，看起來似乎也要進入收尾階段了。

「剛才後面好像有討論到跳樓的話題，大家切記珍惜生命，不要輕生，不是新生居民玩不起，多想三天，你可以不必跳樓。」

怎麼突然變成自殺預防宣導片了？想三天也太久了吧，想三分鐘就可以決定不要跳了啊！什麼叫不是新生居民玩不起，新生居民就可以玩嗎？

范統納悶了幾秒，忽然恍然大悟。

其實你是在嗆那個紅心劍衛吧？對嘛！多想三天可以不必為了你弟跳樓啊！當初聽說的時候我都不知該怎麼評論了，人死心眼到這種地步，簡直有病啊！

「很高興告訴大家聖西羅宮的介紹在此結束！但是因為還有時間，機會難得，我們會接著去鬼牌劍衛府的練劍場拜訪喔！」

修葉蘭在做出這樣的宣告時，范統真不知他是因結束而感到開心，還是會因為必須進行這個行程感到胃痛。

唉，該來的總是要來，來了就好好面對吧。反正我也會陪你一起去，至少……應該不會被留在那裡吃飯吧……

「總算結束了嗎？」

那爾西從一開始就一臉很想回去的表情，好不容易終於能如願以償。

「是啊是啊，辛苦你們了！影片弄好之後也會送回來一份的，我們還有行程要趕，下次見！」

我說啊，這絕對很奇怪吧。你把代理皇帝跟兩個魔法劍衛當成這個地方的布景嗎？都沒跟他們講到話也就算了，到底有沒有拍到他們？如果有拍到，這不是讓看的人心裡很疑惑嗎？

「還有下次嗎？」

那爾西的問題，與其說是發問，還不如說是在表明「不要再有下次」。

「如果還有其他旅遊企畫的話——別擔心，不太可能會再來聖西羅宮，應該麻煩不到你啦。」

「你也知道是給我添麻煩嗎？」

那爾西唸了這麼一句，顯然不太痛快。

你不要蓋印章不就沒事了嗎？還不是你通過了這個企畫，才讓你哥有機會找你麻煩？你自己也有錯啦。

「哥哥我不管做什麼事情，麻煩到誰都心知肚明喔。」

喂！那不就是明知會麻煩到人家還是堅持要做嗎！我是不是也包含在那個被你麻煩到的人裡面啊！

「兩位同事也辛苦了，我們現在要去鬼牌劍衛府，應該沒有人要跟吧？」

哇，暉侍你多問這一句做什麼啦，萬一真的有人點頭怎麼辦！

「我有別的事情要做。」

奧吉薩沒有興趣湊這種熱鬧，因此立即就表示要離開了。跟伊耶是朋友的雅梅碟，倒也沒有一起跟去的意思。

「你們要去？有先跟伊耶打過招呼嗎？他同意了？」

范統覺得這幾個問題都挺重要的，偏偏他們沒有一個答得上來。

「是陛下要我們過去的，我想應該沒有問題吧。」

於是修葉蘭這樣回答。顯然他也深知回答不出來的時候就拿月退出來擋的道理，況且這也是事實。

「那爾西，要不要跟哥哥一起去啊？」

雅梅碟沒意見之後，修葉蘭又隨口邀起了那爾西。

你就別再多說半句話，快點跟我走行不行？

范統覺得自己對企畫的熱情，最後那五分也快消磨不見了。

「你以為我那麼有空嗎？」

那爾西只丟下這句話，就自行離去，不再理會修葉蘭。

「范統，看來還是只有我們兩個人去面對陛下呢……你準備好了嗎？」

……

等等，這哀愁的語氣……原來你是真的想邀他們一起嗎！我還以為你隨便問問的！需要多拉幾個人壯膽你才有勇氣去面對月退？又沒做什麼對不起他的事情，不需要這樣吧——

一日遊之西方城第四站：鬼牌劍衛府的練劍場

到別人家拜訪，請人通報是基本禮貌。等待主人出現前，范統跟修葉蘭小聊了幾句。

「真希望高個子不在，他一定會歡迎我們。」

「你希望他不在家？我反而希望他在耶。」

修葉蘭和伊耶沒有交情，這點范統是確定的，所以在他這麼說之後，范統充滿不解。

「為什麼？」

「你想想啊，我們要去的是練劍場耶。萬一陛下手癢想找人過招——應該說我們本來就是要拍這個——我是說，沒有鬼牌劍衛這個對手，不就只能我上了嗎？我上的話，根本只能當個悲情的沙包啊！」

原來你不會叫我上啊？你人真好。

范統這樣想著，接著也問了一個他很好奇的問題。

「你好歹也是個金線二紋的符咒劍衛，撐個幾下都辦不到嗎？」

被問到這件事，修葉蘭看向了遠方。

「啊，我的劍，在東方城啊……」

……

這很明顯就是你自食惡果了。誰教你要挑音侍大人，你隨便選把不是神兵的好劍，也不至於慘成這樣。

「既然你這麼慘，我想月退他應該對你超有興趣吧……」

我是說毫無興趣。幾招就可以放倒的對手，月退他應該連手都懶得動吧，欺負弱小很無聊啊。有恩怨的話例外就是了。

「這個時間來應該不算太晚吧？我越來越緊張了。」

「怕什麼呢，你自己也說了，活了也只是回火池啊。」

「范統你怎麼忍心說出這種話！我死在你面前你也無動於衷嗎！」

「我又不是天才，知道你非活不可，不會別過頭不要看嗎？」

「你居然連在我死前多看我幾秒都不願意！」

「不就說了等一下又會死過去？我去水池接你根本愛看多久就看多久，免費看到不爽，相較之下何必看你血肉模糊的淒慘模樣？」

「……那要記得去接我喔……」

修葉蘭好像已經徹底陷入絕望中了。這時，在大廳等待的他們總算等到了來招呼的人。還真的碰巧是個高個子。

「噢，恩格萊爾說有朋友要來，是你們兩位吧？」

從裡面走出來的艾拉桑，一看見他們兩人，就笑咪咪地打了招呼。

無論如何，出來的是艾拉桑總是比較緩和氣氛。修葉蘭鬆了一口氣的同時，也不得不提出糾正。

「不好意思，朋友只有一個呢，我應該算是部下。」

呃，的確是這樣沒錯，所以月退他只提了朋友要來……他叫我們來的目的果然只是找我這個朋友到家裡玩嗎？身為部下的你就這樣被無視了……

「沒關係沒關係！既然來了就是客人，我帶你們去練劍場找他們吧。」

帶客人去練劍場……感覺還真奇怪。但我們跟這位爸爸也沒什麼好聊的，大概也只能這樣吧？

行進途中，負責跟艾拉桑聊天的當然是修葉蘭。有鑑於開口說不出好話，范統索性閉嘴聽他們聊天。

從大廳走到練劍場的路程，他們居然就已經混熟了。這種社交能力，范統整個望塵莫及。

真是太神祕了。難道是長那張臉又笑臉迎人就好混熟嗎？我在這裡住過好一陣子耶，住那麼久也沒跟月退的爹熟到可以開玩笑啊，應該說話都沒說過幾句……暉侍你到底是怎麼辦到的啦？雖然這位爸爸應該不難親近，可是，我還是覺得這速度很不可思議……

「恩格萊爾有你這樣的朋友真好！以後多來我們家玩啊！」

艾拉桑說這句話的時候，神情看起來一點也不像是客套話。

這位爸爸，你到底是不是因為他長得很像你兒子才這麼快被攻陷的啊？好感度會不會提升得太快！

「如果可以的話當然好啊，可是……我只是陛下的部屬啦，常常來拜訪只怕稍嫌踰矩啊。」

顯然艾拉桑又忘了修葉蘭不是月退的朋友這件事，他只能苦笑著再度提醒。

於是艾拉桑終於看向了月退的正牌朋友范統，並露出了哀傷的神情。

「范統啊，你要是有空，可以多來玩嗎？」

啊？月退的爸，你還記得我的名字啊？話說邀我來作客就算了，這表情是怎麼回事？

大概是看范統滿臉疑惑，艾拉桑便自己解釋了起來。

「你常常來的話，恩格萊爾就不會常常跑去東方城了吧，這樣子至少他會留在家裡陪爸爸吃飯，爸爸我也沒別的要求了啊……」

瞧他說得哀傷，范統簡直不知該同情他，還是臉上抽搐。

月退——你給我孝順一點啊！都已經白髮人送黑髮人了好不容易活回來還不多陪陪你爸！就算他真的煩了點，你也不能跟那個矮子有樣學樣放置父親啊！你這個樣子，以後看到你來找我，我都把你趕回去喔！

我又想起當初那個金髮人送金髮人的笑話了，嗯？還是金髮人送白髮人？有點忘了，不過也不重要啦……

「沒機會的話我不會來拜訪的。」

再怎麼樣，客套話還是要說幾句，但說出來變成反話就是另一回事了。

「他的意思是，有機會的話會來拜訪。」

為了怕艾拉桑無法腦內翻譯反話導致誤會，修葉蘭連忙補上說明。

「記得常來啊。」

艾拉桑聽了點點頭，就沒再追這個話題。范統也只能笑笑，事實上根本不想來。要不是暉侍答應月退要來拍練劍場，我才不要來咧。我就是跟你的矮兒子犯沖啦，沒事來這裡氣自己做什麼，不對盤的人最好不要見面，碰到的次數越少越好。

轉眼間，練劍場已經到了。他們進去的時候，伊耶正坐在場邊休息，注意到有人進來也沒什麼反應，顯然已經知道會有客人拜訪。

「伊耶，我帶客人過來，恩格萊爾呢？」

月退不在這裡，艾拉桑總是要問問的。伊耶聽了問題以後，則回答得很簡單。

「他去換衣服了。」

好端端的為什麼要換衣服，艾拉桑當然也想追問。

「恩格萊爾的衣服有什麼問題嗎？」

「破了。」

一問一答間，因為問題瑣碎，伊耶已經有點不耐煩。而他乾脆且直接的回答，也刺激到了艾拉桑。

「怎麼破了！你們兄弟是怎麼培養感情的！」

「不就打架嗎！當然會破啊！」

「你怎麼可以打你弟弟呢！」

「你是今天第一次知道我們會打架嗎？我不打他，難道還給他打！只破衣服已經很輕微了好不好！」

因為他們父子一言不合吵起來了，兩個客人就這麼被擱置一旁，沒事可做。

兩個金線三紋打架，只破衣服，的確算打得很溫柔啦……不過為什麼破了衣服的是月退？他打輸了嗎？我一直不知道月退跟矮子打來打去到底誰勝誰負，可是在我心裡月退應該是不敗的才對吧……？

此外，破的是哪一件啊？如果他從聖西羅宮回來就直接找你打架，破的就是比較貴的那一件囉？感覺真浪費……

「伊耶哥哥，我回來了，我們繼……咦，范統，你來了啊？」

就在這個時候，換好衣服的月退出現了。不知該說他出現得剛好還是不太恰好，所有的人都看向了他。

月退，只跟我一個人打招呼不好啦。

「恩格萊爾，你們如果要在練劍場練習，就不能、就不能和平一點嗎？」

對於艾拉桑突然冒出來的這個問題，月退困惑地看向伊耶，再困擾地看向自己父親。

「我們……很克制了啊。」

我明白。但你爸不會明白。如果要更克制地打，根本是在緩慢拆招吧，對你們來說一定超無聊啦。

「不是都猛烈到衣服破了嗎？」

「乍看之下猛烈，但其實很安全的……」

別在你爸面前承認猛烈。這個詞恐怕有點刺激性。

「只要你別忽然恍神，就很安全！」

伊耶在艾拉桑面前也不忍一忍，就這麼直接指責了月退。

哇，先是猛烈，接著又是不安全，這練劍場是不是要被這位爸爸封起來了？說起來，很久以前因為月退恍神所以比劍中被矮子殺掉的事情，這位爸爸大概不知道吧？我只能說擔心也是有道理的。

「范統，你覺得我們到底該不該拍這邊的影片？」

修葉蘭沒事做，就跟范統搭話了。

這是個好問題。不拍的話，我們來這裡做什麼？但他們要是不打，我們也沒什麼好拍啊。

「如果不打我們再拍。」

我是說要打的話再拍。拍人家家務事做什麼，雖然可能有人想看，可是播放這種東西太沒格調啦。

「父親，我們剛才還沒比完，您要不要先去休息，等我們打完再——」

月退試圖協議，不過這種情況下想把艾拉桑趕走，可不容易。

「我怎麼能放心去休息！這樣就離開，我睡不好也坐不安穩啊！」

啊，雖然能夠理解您的心情，不過我還是覺得早知如此何必當初……我的意思是，兒子教得好，老了沒煩惱，你們家就是個血淋淋的例子，而且真的血淋淋。

「可是我們一定要分出勝負啊。」

月退，你是在堅持什麼啦。不用打也可以知道是你比較厲害，沒必要進行實戰吧？啊，不對。你要是不戰，我們就沒得拍了，這可真是兩難啊。

「啊啊，陛下，抱歉，可以插個嘴嗎？有什麼一定得分出勝負的理由呢？」

在修葉蘭這麼問之後，范統疑惑地看向他。

你是想幫忙勸阻嗎？搞半天你其實不想拍嘛，那我也樂得當單純來作客就好？

「我們想吃早上五點在西方城某個角落賣的早餐，可是我不想早起跑那麼遠去買，他也不想，所以勢必得分出勝負叫輸的那個去買才行啊。」

月退以理所當然的認真口吻說出原因後，伊耶哼了一聲，其他人則陷入沉默。

你們……有病啊？隨便叫誰去買都可以啊，兩位少爺。更別說其中一個還是皇帝……想吃個早餐居然得親力而為？你們根本只是想打，所以硬要找個藉口打吧！不要再騙我了！你以為這話可以騙倒一個有在思考的成年人嗎！

「想吃什麼早餐，爸爸可以去幫你們買啊！你們就不要再動刀動劍了！」

結果這裡立即有個成年人被騙倒了。他顯然沒在思考。

「伊耶哥哥，爸爸說要幫我們去買耶。」

哪知月退一聽，立即轉頭向伊耶詢問意見。

……你給我等一下，你還真的只是為了逼矮子去幫你買早餐所以要跟他戰？你在做出這個選擇之前有沒有考慮過別的方法？還有，別叫你爸幫你們兩個年輕人買早餐！雖然我覺得他應該也是指使僕人去買就是了……

「重點不是早餐！你到底想不想好好打！」

看來打架的原因，在伊耶的心裡和月退是不同的。

「我想打啊，每天總是要活動筋骨嘛。」

活動筋骨……也活動得太開了吧。我每天早上起床伸個懶腰就覺得有活動了，雖然是我標準太低，但你們那樣也不正常啊。

在多次強調沒有危險、只能算運動之後，艾拉桑總算退讓一步，同意在讓他旁觀的情況下，給他們「活動筋骨」。

為了讓父親安心，一開始他們自是做做樣子斯文地對招。但這種連觀眾看了都不耐煩的模式，當事者當然也不會有耐心到哪去。很快的，伊耶的動作就快了起來，月退也跟進。

兩人先是從速度追加下手，接著便動起勁力，從和平到認真開戰根本過不到幾分鐘。為了安全，范統連忙拿出武器同時用符咒製作防護罩，連另外兩個觀眾一起保護，以免發生什麼不可預測的事情。

父親在現場，你們不要打得這麼放肆！砂土都被衝擊得飛起來啦！現在的你們腦中已經只有彼此沒有爸爸了吧！

「噢，范統，雖然我有在拍，但我覺得要播報的話，跟不上他們打的速度耶。」

修葉蘭一面說一面嘆氣，好像覺得光拍不播報很不專業一樣。

我怎麼記得我也曾經有過類似的困擾？一定是錯覺吧。

「你不會後拍起來，回去之後再後製合成語音嗎？到時候你想合成什麼樣的報導都可以，甚至還可以加快速度播放，大家看得模糊、你也有時間唸完要說的話。」

范統說完以後，覺得自己真是聰明，可以立即想到這麼好的解決辦法，唯一不完美的地方就是反話讓他的建議乍聽之下有點蠢。然而，他良好的感覺只持續了幾秒，就被修葉蘭的苦瓜臉打破。

「雖然不是不能做，但是要做到那種地步，要花的時間太久了啦。也只有我會吧？沒有任何人可以委託的感覺真惆悵。」

你什麼意思，我覺得我被嗆了啊！我就是幫不上忙嘛，只會出一張嘴啦！我連幫你配音都沒辦法，因為我甚至不能正常講話啊！

「不管你了啦！」

「唔？為什麼突然生氣？我說錯了什麼嗎？」

「有什麼啦！」

范統回了這句之後，就暫時不想理修葉蘭了。說起來，影片能不能光做某部分的消音動作，其實他挺好奇的。會好奇這點，主要是因為從打鬥變得激烈後，某位當觀眾的爸爸一直大呼小叫，他的尖叫聲簡直成了影片不中斷的背景音效，如果直接這樣播出，可能還是不太妥當吧。

不知道是不是因為看不懂，這位爸爸還算有風度耶。只有在場邊叫叫，沒有忍不住要求他們停止……到底是沒想到要這麼做，還是以前這麼做過結果下場很慘呢？

動作太快看不清楚也不錯啦，反正用想的也知道，此時此刻兩個人臉上一定都是沒人性的表情……

「摀住耳朵摀住耳朵！」

修葉蘭這樣警示後，范統跟艾拉桑反射性地照做，接著音震就來了。

哇，你還是有在認真看比賽的呀？居然看得出月退接下來要用天羅炎出招了，不簡單嘛？

在范統正默默誇讚修葉蘭的時候，那對兄弟的活動筋骨也宣告結束。

「劍又壞了，怎麼打啊！」

伊耶罵了一聲之後甩下被震壞的劍，語氣間充滿憤怒。

「太好了，這樣的話就是我和平取得勝利了吧？」

月退露出了欣喜的表情，然後轉向艾拉桑。

「父親，您看，很安全吧，不見血的。」

噢，月退……你爸都緊張到快抓掉頭髮了，喉嚨只怕也尖叫得啞了吧。你現在問這種問題，就好像載著女友時速一百五十公里飆車，到達目的地以後再對她說「看，沒出車禍，這一點也不恐怖吧」一樣。

「我……可是……」

艾拉桑一句完整的話也拼湊不出來，顯然不曉得該如何在兒子露出喜悅的笑容等待認同的時候，說出完全相反的意見。

「喂！哪有人每次都靠破壞別人武器贏的！你就不會別招了嗎？」

伊耶輸得很不服氣，頗有換把劍繼續下去的意思。

「破壞武器損傷最小啊，不然就只能癱瘓對手或者直接殺掉了……」

你的選擇還真是……沒得選。後面那兩個要是做了，你就得準備好你的王血啦。只是說出這種話的你，會不會太不把矮子放在眼裡了啊。

月退在做完解釋後，伊耶臉色難看沒有回話。因此，月退又順著接了下去。

「伊耶哥哥，那麼明天的早餐就拜託你了。」

「……」

伊耶沒吭聲，直接便往外走去。

「伊耶，你要去哪啊？」

見兒子要離開，艾拉桑連忙叫住他，詢問去向。

「進宮。這裡沒我的事了吧？不管是拍影片還是吃飯，我都沒興趣。」

顯然他完全沒有招呼客人的意願，而這兩個客人也不太需要他留下來，趕緊在艾拉桑指責他沒禮貌的時候，說自己不介意。

「范統，你們是來介紹練劍場的吧？」

「嗯啊。」

點完頭後，范統有點想問影片已經拍好，是否可以離開，但問出這問題只怕有點過分，他只好默默吞下去。

「既然如此——」

「那你來跟我打吧！」

月退的眼中冒出了興致勃勃的精光。

不好意思畫面已經拍完了我要走囉——讓我說出口！讓我說出口啊！

「我要跟你打！」

我是說我不要！我不要！我的嘴巴為何總是在這種關鍵時刻出賣我！我感覺很差！

「為什麼？都已經來了，我們都是新生居民，可毫不顧忌地打啊？」

太好了，月退你這次聽得懂人話，一定是我的聲音表情太驚恐吧，可是你那句話……你言下之意是想認真來一場會死人的戰鬥嗎？而且死的那個絕對是我，是不是！

「這可是要播放給兩國人民看的東西！落日老帝把日止的代理侍打得貓吃屎的話能看嗎！」

不只不能看，這反話也不能聽啊！

「范統你這段時間還是有在訓練吧？應該不至於狗吃屎啊。」

月退因為他的話而感到訝異，范統則很想往他的頭敲下去。

我的訓練成果對你這個終極大魔王來說，根本塞牙縫都不夠！還有，長這張臉不要用那麼無辜的表情說出狗吃屎！

「我們接下來還要去沉月祭壇，萬一范統死了，等他復活時間恐怕會來不及，所以……請陛下見諒，收起您的興致吧。」

這時候，修葉蘭提出了這樣的說法，范統這才想起來。

要死了，今天是送阿噗回去跟沉月聚一聚的日子，險些就要忘了！要是跟之前一樣忘掉，恐怕又要不得安寧！幸好有你提醒我，否則我根本又死了一次啊……

「恩格萊爾，爸爸沒教過你對朋友動刀動劍啊！怎麼可以打朋友呢，欺負朋友是不好的行為。」

艾拉桑似乎對月退想要做的事情感到憂慮，在良心爸爸的勸阻下，月退想要打架的念頭只能收回去。

當他們得以回室內吃點心時，范統暗自覺得，為了避免被架上練劍場，以後真的都不要來比較好。

一日遊之不包含在內的最後一站：沉月祭壇

從鬼牌劍衛府離開的時候，已經黃昏了。以一天要做完這個企畫來說，可說是大功告成、功德圓滿。唯一美中不足的是，他們的行程中又多出了一個原先沒想到要去的沉月祭壇，只要想到必須去面對盛氣凌人的沉月，范統就想大聲嘆氣。

「有種快要上班的時候忽然發現有事情沒做完所以必須滅班的感覺……人生啊……」

事實上，范統早就不知道該怎麼形容自己的人生了。

「放寬心，好歹有我陪你一起去嘛。」

修葉蘭拍了拍他的肩膀，臉上卻帶著從容就義的神情。

……你那表情是怎麼了？一般新生居民要去見沉月真的有這麼恐怖嗎？我們就偷偷進去，把阿噗安靜地放到祭壇上，沉月多半也沒興趣跟我們打招呼，這樣就可以混過去了吧。

范統想是這麼想，但事情當然沒有這麼美好。好不容易到了沉月祭壇，一進到裡面，就看見已經化身為人的少女滿臉不悅。

「你為什麼這麼晚來？快把哥哥交出來！」

我根本就要忘了。對不起啦。好了，阿噗，為了世界和平我要把你交出去了。

他伸手掏出了拂塵，沉月便急切地飄下來要接，這動作讓范統感到訝異。

護甲到底能不能直接碰觸武器啊？人形狀態因為可以控制自己的力量，可能比較沒問題，但還是武器的型態……妳這樣直接湊過來沒問題嗎？人跟武器訂契約都會變成殺刀手了說。

就在范統思考這件事情的時候，他手中的拂塵忽然消失不見——應該說是，也化為人形了。像是不想以武器型態直接被妹妹抓過去一樣，噗哈哈哈一化身完畢就往旁邊退開。

「本拂塵就覺得環境好像不太對勁……怎麼回事？范統，你又把我給賣了？」

不是啊！不就說好一個月賣你一次嗎？之前討價還價過一次，就決定是一個月啊，現在時間到了，你沒感覺過了這麼久嗎？

「哪有過這麼快，本拂塵明明覺得沒睡多久。」

睡覺的人才不會知道時間過了多久呢……慢點，我剛才有用精神溝通嗎？

「哥哥，這麼久才見我一次，你都不覺得寂寞嗎？」

這時，沉月又不死心地朝噗哈哈撲了過去，一樣被他閃開。

「本拂塵又不像妳沒主人，誰會寂寞啊。」

呃……也就是說有我在身邊你就不寂寞囉？我應該要感到高興嗎？

「什麼嘛，主人到底有什麼好，主人根本就只會利用我們而已，你怎麼到現在還是看不開呢！」

喂喂，給我差不多一點，不要當著別人的面毫不顧忌地說這種話好嗎？我知道妳沒把新生居民放在眼裡，搞不好也沒把人類放在眼裡，但既然妳一副沒有妳哥就會死的樣子，就應該對他的主人放尊重一點不是嗎？

「暉侍，我們……」

范統正想回頭找修葉蘭說話，卻發現對方人已經躲到角落去了。

……什麼狀況？

「你跑那麼近做什麼？」

「呃呵呵呵，范統，我覺得那邊氣氛有點險惡啊，身為一個沒有神器護身的小角色，我還是保持距離比較安全，要逃也比較方便。」

你只不過看他們吵起來就開始思考生存問題了？你會不會腦袋轉得太快！他們這樣吵很正常啦，不會打起來的！而且你怎麼自己一個人跑掉，都不管我的死活嗎！

「你要跑怎麼不拉我一起啊！顧著自己送命，你這樣對嗎！」

「不，你要自保完全沒問題，與其說我顧著自己逃命，不如說我想照顧好自己別成為你的累贅吧。」

只要有噗哈哈哈在，范統相信自己的安全應該、確實沒有問題。眼見旁邊的兄妹還在吵，他想了想，還是拍了一下噗哈哈哈的肩膀，稍微勸導。

「阿噗，反正你們等一下還不是要分開睡在這裡，現在就別吵了吧？」

沉月對范統的反話可不怎麼熟悉，當下便憤怒地瞪了過來。

「什麼分開！當然要一起！」

「對啦對啦！要分開！剛剛那個是正常話！」

「你到底為什麼遲到？明明說好早上就要來的！」

「妳根本不在意我澄清正常話的部分嘛……我們今天鬧著到處拍影片，所以拖了點時間，對不起啦。」

說拖時間，總比說忘記好。范統是這樣認為的，沉月則在聽完後，滿臉困惑。

「影片？」

考慮到要跟一個聽不太懂反話的人解釋起來很困難，范統只好把修葉蘭叫回來，由他進行解說。

沉月從修葉蘭口中明白了他們今天做的事情，表情也從困惑轉為不滿，接著又變成羨慕。

「什麼嘛，你們就可以這樣到處跑著玩。」

因為她這句話，想到她不知多少年來一直都被關在這裡，范統頓時也生出同情。

啊，沉月到底有沒有可能離開這個地方呢？她是不是根本沒看過幻世的其他地方？成天待在這裡多無聊啊，雖然器物跟人不一樣，說不定感覺還好，但永遠不能離開的話還是很哀傷……

「不管去哪個地方都有哥哥陪著，這實在是太過分了，一點也不公平。」

……等等，重點是哥哥嗎？羨慕的原因是我們不管跑到哪都可以和阿噗一起？我到底該說什麼啊！

「本拂塵想睡覺了。」

噗哈哈哈就如同完全沒聽到沉月說了什麼一樣，直白地表示自己不想再繼續理會所有的人。

「那一起睡！」

沉月又飄上前去勾噗哈哈哈的手，這次倒是成功了，可能是因為後者想睡不想抵抗的關係。

既然他們要去睡覺，這邊的事情便已結束。修葉蘭因此而鬆了口氣，范統也因為終於可以回去休息而感到開心。

「我本來還想，如果她對外面的世界有興趣，至少影片我可以複製一份送她呢，結果其實沒興趣啊。」

「是啊，她有了阿噗就世界戰爭啦，你的影片就收起來回去好好黏片吧。」

他們達成共識後便一起回東方城，眼見忙碌的一天就要平靜地畫下句點，卻又在回神王殿找珞侍報告的時候發生了一個小插曲。

「都做完了？辛苦啦。」

珞侍點了點頭，隨即微笑著朝他們伸出手。

「影片交出來吧。」

范統看向修葉蘭，修葉蘭則稍微做了解釋。

「珞侍，我還要回去剪接好才能拿來公開播放——」

「我要沒剪過的。不是拿來公開播放，只是我自己想看而已。需要剪掉的部分，才有看的價值嘛。」

想到自己占據了需要被剪掉的鏡頭裡多大的部分，范統整個瞪大眼睛說不出話來，修葉蘭則為了其中某幾幕絕對不想被珞侍看到的畫面，不得不再做最低限度的掙扎。

「你如果要全部看完，形同要花早上到傍晚的時間，這樣太沒效率了——不如我剪的時候挑一些特別好笑的段落送你？」

回想起中間修葉蘭跟那爾西對答的地方，范統略帶憐憫地盯著修葉蘭，珞侍則不改笑容，問出了一個一針見血的問題。

「有什麼不能被我看見的東西嗎？」

這個問題，要是回答「沒有」，就得把東西交出去。回答「有」的話，根本是替他省了看影片的時間，就自己招了。

范統實在很好奇修葉蘭會怎麼回答。只見修葉蘭僵直了幾秒，隨即嚴肅地點頭。

「有。事關我們西方城皇帝與聖西羅宮的問題，不小心拍到的地方自然必須剪掉之後再讓您過目，請國主陛下見諒。」

結果他沒妥協也沒招供，反而用官腔來擋。話已經說成這樣，珞侍也不太可能說出「都那麼熟了看一下有什麼關係」之類的話，只能無趣地作罷。

至於後來修葉蘭依約送來篩選出的好笑段落，讓國主陛下的房間內不時傳出爆笑聲的事，就是另一段與企畫無關的插曲了。

范統的事後補述

媽媽！我總算有一筆拿得出來的政績了！

……嚴格來說，根本不是我的啦，不只不是我的，我恐怕還只是來跑龍套而已。到底什麼時候，才能有點「喔喔我在我的工作崗位上付出了努力而且辦到了只有我才能做的事情」之類的感覺呢？工作需要成就感啊！

說到這個企畫，暉侍回去以後沒日沒夜地剪片剪了四天，我很想說提議做這個的他真是喜歡虐待自己。送交兩國審理後，大家又針對裡面是否有哪個地方也該剪掉做了一番討論，來來去去修改了十幾次吧，要是片子是我負責剪的，我一定會希望從一開始就沒拍過……

好不容易敲定的版本，在公開播放後，也得到了不同的迴響。

所謂的迴響呢，分為回應給官方的感想以及街頭巷尾私下的說法。東方城這邊收到的回應是「聖西羅宮看起來真華麗」、「要是能參觀皇宮我願意花二十串錢」、「結果西方城還是不知道能參觀哪裡嘛」——簡單來說就是沒什麼特別的感想，還有啊，那個二十串錢就想逛皇宮的也太沒誠意了吧！好歹出個兩百串錢好嗎？

至於私下的討論，聽說有幾個方向：

「落月少帝看起來也沒很恐怖嘛。」——有這種感想的人一定沒看到最後吧。好吧，就算看到最後，只看那些很難瞧清楚的快速動作，也很難想像現場的感覺就對了？

「為什麼有三個人臉長得這麼像呢？」——先生你後知後覺吧。幻世的原生居民和新生居民到底有多少人不知道那個可怕的同一張臉規律啦，雖然我也是被告知後才曉得，但是這三個人已經到處露臉這麼多次了，你怎麼會到現在才在驚訝呢，難道你以為那都是同一個人？

「怎麼都沒提到代理侍大人在四四四號房的時候疑似跟女性同居的事情？」——那個人才不是女的！不是女的！因為很重要所以要說三次，不是女的！

「要是可以在玄殿遇到綾侍大人，我每天都想去。」——東方城是哪坨人會發表這樣的感想，不必我多說，大家也知道。

至於西方城那邊，官方收到的迴響是「居然有免費的食物吃，好好喔，真想嘗試看看」、「十串錢換算成西方城貨幣的話，旅費很便宜耶」、「西方城也有很多好玩的地方啊，下次可以介紹一下」……居然有不少人即將受騙上當來東方城玩、順便吃那個會讓他們後悔的公家糧食嗎！絕對花不只十串錢的，你們快醒醒啊！

至於私下的說法，大概有這些：

「梅花劍衛跟代理皇帝到底是什麼關係啊？」——就兄弟啊。怎麼不問問代理皇帝跟皇帝是什麼關係，這個還比較難回答。

「梅花劍衛跟皇帝到底是什麼關係啊？」——除了薄弱到不行的血緣，我真的找不出他們還有什麼關係，這實在是太困難了。

「是怎麼決定誰去當代理皇帝、誰去當梅花劍衛的？」——說得好像他們有分工合作一樣，我告訴你，那個梅花劍衛還當過東方城的暉侍咧。你們為什麼都在意一些和旅遊景點無關的問題？

「好想要一隻那麼雄壯威武的鳥。」——自己去虛空一區抓啊……不對，你想要焦巴做什麼啦！想騎著牠飛嗎？不要看我們很輕鬆的樣子，那是演的，要坐得穩可是一項技術體力活！

唉，雖然我覺得很多人的焦點放在奇怪的地方，不過有這麼多討論，應該也算成功了吧？企畫的後續任務，會不會變成處理觀光客的問題呢？最後的最後，我不得不說……為了應付這些可能會有的狀況，須保有一定程度的武力……再忙，也不能忘記去接阿噗回來。

The End

未盡之夢

某一年的過年聚會

一年一度的過年聚會，在送禮與吃吃喝喝的過程結束後，大家一小團一小團地聚著聊天，珞侍則繞至范統身邊蹲下，笑笑地關心了一句。

「范統，今年收到的禮物覺得如何？那可是我送的喔！」

「什麼！原來不是你送的！你哪時候對我這麼壞啦！」

范統今年收到的匿名禮物是非常直接的一包紅包，裡面大概裝了他三個月的薪水，讓他當場有種感動到想向送禮的人下跪的感覺，沒想到居然是珞侍送的。

世界上最實用的禮物就是錢，能明白這個道理的你，一定能成為名留青史的偉大國主啊！

「送朋友禮物當然要讓人開心嘛，能送的東西裡面你最喜歡的就是錢了吧？」

「……不能送的南北是什麼？」

聽他發問，珞侍便露出了燦爛的笑容。

「老婆啊。」

……我就知道是這個！我就知道！就知道你會講出這個答案！

「還是你真的希望國主陛下給你找個民女賜婚？也不是不可以喔。」

在那個意料之中的答案後，珞侍很快地接了這樣的話，於是范統連忙抬頭反對。

「不必了有關係！你需要這麼做！」

我是說我不要啊啊啊！你不需要這麼做，那種沒有感情基礎的老婆，我才不要！

「送老婆做什麼啊，還不如送洗髮精。」

此時待在范統身側的噗哈哈哈嫌惡地表示了意見，范統簡直不知道該對他說什麼才好。

送錢啦！有錢我就可以幫你買很多洗髮精了好嗎！

「也差不多該開始了吧？看這時間，準備聚會了？」

我是說看時間該結束了吧，我們是不是要散會了？

「不，還有一個活動喔。綾侍也差不多要宣布啦。」

就在這個時候，綾侍剛好站了起來，十分冷淡地對大家開了口。

「你們可能以為差不多該結束了，但我們還有一個強制參加的活動。」

……綾侍大人，您這不友善的語氣一點也沒有帶活動的誠意啊。

「我們要進行一對一的比試，用結果決定哪些人把剩下的食物吃掉。」

綾侍說著，微微一笑。

「沒吃完不能回去喔。」

每次過年聚會，因應兩邊前來參加的人數，現場都會有多到吃不完的食物。食物的來源，有時是其中一方負責，有時是參加的人自己備菜，但無論如何食物總是會剩下一堆。

剩下來的食物該怎麼處理，通常是主辦人負責煩惱的問題。之前音侍熱衷於主辦活動的時候，食物不是拿去餵魔獸就是拿去困擾身邊的人，今年改成綾侍主辦後，他似乎不希望這種事情繼續發生，因而在聚會的後半段時間，他宣布了這樣的活動。

范統感到無話可說。

何必呢？何必呢——！吃不完讓我跟暉侍打包帶走就好了啊！

「等一下！音侍那傢伙煮的那一鍋也包含在內嗎！」

違侍錯愕且不滿地提出異議，綾侍則回答得十分乾脆。

「新生居民吃音侍那鍋，原生居民吃其他的。」

「啊，你們這是什麼意思嘛！」

簡單來說，有死亡危機的事情交給新生居民來負責就對了。看向那鍋黑黑沉沉不知加了什麼料的音侍牌料理，所有人的心都為之一沉。

「我會每次抽出兩個人進行比賽，打倒對方或者把這張紙貼到對方身上就算贏，為了避免散會的時間太晚，現在就開始吧！」

您那種圓形大頭表情符號般的貼紙是哪來的啊！怎麼每一張看起來表情都不一樣！

范統很想吐槽綾侍手上那一堆貼紙，不過這時綾侍已經開始抽籤，也意味著比賽即將風風火火地展開。

第一局被抽出來的是奧吉薩跟璧柔。

「嘿呀！」

在璧柔突襲之下，奧吉薩因為被貼了貼紙而落敗。

第二局被抽出來的是違侍跟伊耶。

「碰到我算你倒楣。」

比賽毫無懸念地由伊耶俐落地貼上貼紙獲勝。

第三局被抽出來的是音侍跟天羅炎。

「貼紙？我不懂。直接打倒就可以了嗎？可以毫不留情地重傷他嗎？」

天羅炎困擾地皺著眉頭問出了一堆問題。

「不要擔心，我可以用王血幫他治好！」

一旁的月退十分積極地提供了配套方案。

「我投降！投降總行了吧！不過男女授受不親，妳把貼紙交給我，我自己貼！」

音侍選擇投降，於是天羅炎不戰而勝。

第四局被抽出來的是噗哈哈哈跟修葉蘭。

「本拂塵才不會輸給這麼弱小的對手。」

噗哈哈哈隨便抓了幾張貼紙，而修葉蘭根本沒看清楚他的手法就已經被他在臉上跟身上各貼了四張，只能苦笑。

「糟糕，這下得吃音侍那鍋了嗎？」

第五局被抽出來的是月退跟雅梅碟。

「紅心劍衛，我的王血還留著，你不必擔心。」

月退一上場就把貼紙隨手扔掉，接著很乾脆地拔出變回了劍形的天羅炎。

「陛下，我投——」

「不准。」

「陛下，您不覺得過年不要見血比較好嗎……陛下——」

月退顯露出可怕的殺氣追殺雅梅碟追殺了好一段時間後才放過他，最後勝利的自然也是月退無誤。

第六局被抽出來的是那爾西跟綾侍。

「……我可以找代打嗎？」

直接投降意味著必須去吃那堆剩菜，那爾西一看見對手是誰便臉色蒼白地問了這個問題。

與其說他不想打，不如說他不想跟綾侍打。曾經被俘虜到東方城強制讀取記憶的他，如果在這個世界上有什麼不想面對的人，那個人多半就是綾侍了。

「可以啊，我很大方，要是有哪個沒有輸的願意承擔打第二次的風險，我就讓你換人。」

在綾侍這麼說之後，月退第一時間就舉起了手。

「既然這樣的話，那我——」

「除了你們的陛下以外。讓穩贏的人出來打，也太欺負人了吧？」

月退的實力大家都很清楚，除了噗哈哈哈，現場只怕沒有人是他的對手，找代打找到這種魔王級的人確實很過分，月退沮喪地放下手後，那爾西只能看向其他人。

身上被貼貼紙的奧吉薩、修葉蘭跟傷患狀態的雅梅碟已經輸了比賽，沒資格代打，魔法劍衛五個去了三個，剩下的只有璧柔跟伊耶，那麼應該拜託誰，是非常明顯的事情。

「鬼牌劍衛，麻煩你來代打。」

那爾西天生不會講拜託人的話，伊耶聽了不由得叫了起來。

「啊？你不會自己打嗎！有這麼柔弱？」

「要是輸了我會負責吃，我只是不想跟他打而已。」

「你在說什麼，才不會輸！打就打，你去後面坐好！」

儘管一開始不太情願，伊耶還是站起來準備替他上場了。

「夜止的綾侍，你的護甲防禦力有增加嗎？我不介意打一場必勝的戰鬥，但這樣可不怎麼有意思。」

伊耶在拔劍的時候挑釁地問了這樣的問題，綾侍則冷笑了一聲。

「先不提我的防禦力，你的武器變差了對吧？誰勝誰負還不知道呢，話會不會說得太早？」

他們的戰鬥一觸即發的當下，范統看了看現場的人，再看看旁邊的珞侍，以不太肯定的語氣開了口。

「那個……是不是只剩下我們兩個鬼沒被抽到？」

「確實是這樣呢，看來我的對手就是你囉？范統。」

珞侍回答得十分從容，彷彿一點壓力也沒有。

「哇，那我可以公開命令你投降嗎？你是後生居民，我可是舊死居民，贏了要吃音侍大人煮的那一鍋耶！吃下去搞不好會看見地獄啊！」

「范統，你怎麼這麼沒有信心呢？還沒打你就知道會輸了？」

「我不想剛吐飽飯就做輕微運動啊！而且要是輸了，不就等於輕微運動完又要吃一小堆東西！」

「你到底為什麼一直認為自己會輸？在你心中我這麼強嗎？」

「你是國僕，誰敢贏你！」

他們兩個對話的時候，綾侍和伊耶打得正激烈，雖然沒有用出什麼大範圍攻擊技能，還是讓大家不由自主地退後挪出位子，以免遭到波及。

伊耶凌厲的劍勢夾雜著邪咒的黑色氣息，看來他使用了邪咒來彌補武器上的不足。綾侍的防禦一樣以術法和符咒為主，只不過他施展符咒的時候不使用實體符咒，也不需要喊出符咒名稱，所以外行人不太能知道他現在用的是什麼符。

只見一個又一個小型法陣浮現在他的身周與掌間，準確擋下伊耶所有的攻勢。倘若連綾侍施展的防禦之術都突破不了，要對身為護甲的他造成傷害就更不可能了。

伊耶必須想辦法突破這個狀況，而他確實也有了別的對策。

綿密的劍勢在眨眼之間忽然提升了強度與速度，使得綾侍有點措手不及。但他只微微訝異了一下，並未因此而驚慌。

判斷此時的伊耶依然沒有出盡全力後，綾侍已經有了打算，索性在伊耶下一次持劍劈砍過來時當面迎上，在伊耶的錯愕中，他不閃不避開地直接以身體接劍，手則出其不意地直貼過去，就這樣將貼紙按上了伊耶肩膀。

以綾侍自身的防禦力，伊耶這一劍自然只劃破了他的衣服，沒能傷及他的身體。而被他貼上貼紙的伊耶，按照規定，已經成了輸家。

「你怎麼可以──你居然不好好打完！」

比起輸掉比賽這件事，伊耶更介意的是對手沒有好好打完這場戰鬥。

「沒這個時間。勝負已分，我要繼續主持活動了，接下來就是最後一場比試，珞侍和范統，請開始吧！」

綾侍不知是想收工回家還是怎樣，很快就宣布了下一場比賽，沒再理會伊耶。

「一定要打嗎——？」

范統對打架這件事一點熱情也沒有，他甚至認真考慮起投降的可能性。

投降的話要去吃剩菜……但是是音侍大人煮的那鍋。戰鬥中被誤傷而死跟食物中毒而死，哪一個比較好啊？

他倒不是覺得自己鐵定打不贏珞侍，但他如果膽敢將珞侍打得鼻青臉腫，只怕明天開始就不知道該怎麼在神王殿混下去了。

「珞、珞侍，等等，不要這麼慢抽出符咒！我們可以用和平一點的腳段來進行比賽嗎！」

一見珞侍躍躍欲試地拿出符咒，范統便慌忙地喊停。

「喔？和平一點的手段？你想怎麼比？難道要比一道符咒可以打中這裡多少人嗎？」

這哪裡和平！什麼狗屁和平！根本是挑起大亂鬥的序曲！

「或者你想比用同樣的基礎符咒，在空氣中誰能雕出比較精細的圖樣？」

珞侍彷彿看表情就能知道范統不喜歡剛剛的提議，因而提出了別的建議。

啊？誰跟你比精準控制！那種項目我怎麼可能贏得了你！

「我們不能玩個猜謎之類的遊戲就不好嗎？」

我是說玩個猜謎之類的遊戲就好啊！反正也沒有人想看我們打吧？

「猜謎？哇——你還真有自信自己能講出正確的答案。」

……對喔。我這張嘴玩什麼猜謎呢？不，等等，也可以寫在紙上啊！

「你們到底要不要打啊？都等到要睡著啦。」

此時音侍也催促了一句，同時靈機一動跟著提出建議。

「不然這樣好了，我先回去再煮一鍋，這樣你們不管打輸打贏都有得吃——」

「珞侍！還等什麼呢，我們慢點開始打吧！」

「到底是誰要我等的啊？好啊，那就來吧！」

研判打一場至少還有機會可以不用吃音侍煮的那一鍋後，范統決定放手一搏，進行這場飯後運動。

「范統你要是輸了，回去就給本拂塵跪算盤。」

眼見戰鬥即將開始，噗哈哈快速地變回拂塵回到范統手中，卻也不忘丟下一句威脅。

什麼跪算盤啊！你這話又是從哪學來的？我們家根本沒有算盤好不好，你真的知道算盤長什麼樣子嗎？

『本拂塵當然知道。』

對喔……你已經在我手上了，這下不就又變成我想什麼你都聽得到的狀態了嗎！

對范統來說，珞侍當然不是一個好打的對手。他跟綾侍一樣，施放符咒都不需要唸出名稱，差別只在珞侍還是需要符紙，綾侍則連符紙都直接省了。

說到施放符咒不需要唸出名稱，范統自己其實也是。在修練有成之後，他總算排除了喊出相反符咒導致發動失敗的窘境。不過，想和從小修練符咒的珞侍相比，他唯一的優勢大概就是手中的神兵利器了。

珞侍的符咒一向精準凌厲而帶有變化，單單是一道錯身而過的燃燒符咒，也得提防它再度繞回攻擊。范統在抽出準備好的符咒化解珞侍的攻勢時，同時思考著自己該如何進攻。

有阿噗加持過的符咒，可說是很暴力啊，我到底能不能把這麼暴力的東西往珞侍身上丟？先不提他是國主，他甚至還是原生居民，而且一生一次死後以王血復生的機會已經用掉了耶，我真的能用暴力符咒轟炸他？

這種想贏又綁手綁腳不敢亂來的感覺，讓范統相當焦慮。

『阿噗，我要是拿攻擊符咒轟下去，珞侍他會不會死啊？』

事到如今，范統只能抱著一線希望問問看噗哈哈哈的意見。

『本拂塵哪曉得，你當我神仙啊，轟看看不就知道了？』

就是不能轟才問你啊！轟了萬一死了怎麼辦！

『死了就算了啊。』

我怎麼覺得我們以前討論過類似的話題？但不管哪次你的結論一定都是死了就算了吧！

此時珞侍的攻擊符咒又正面襲來，范統驚慌之下掏錯符咒，防禦結界沒架起，當場被一片水霧潑得一身溼。

「咦？怎麼好痛？」

我是說怎麼不痛啊，我只感覺到自己被潑了冷水而已？不是中招了嗎？

『因為他確實只是用潑水效果的符咒打你這個笨蛋而已。』

噗哈哈哈解答了這個疑惑。

什麼？這麼客氣？那我怎麼好意思拿可能轟死人的符咒打他？這樣要怎麼打啊——而且珞侍你為什麼只弄出水來潑我，你到底想不想贏！

正當范統在心裡質疑這一點時，珞侍又是一張符咒過來，迎面的熱風頓時將他身上的水蒸乾了一半。

「珞侍！你不是在玩我吧！」

「代理侍何出此言？我只是出於善意，溫柔地進行這場戰鬥啊。」

「所以我後面沒擋掉的那些風啊火啊也都是這種開玩笑的等級？你從一開始就在用沒殺傷

力的符咒？」

「只是個過年的餘興活動，沒必要搞得殺機重重吧？我也可以不斷用水潑你潑到你投降啊。」

一直用水潑我就可以讓我投降——？在你心裡我就這麼沒忍耐力？

「要玩潑火的話，我也會啊！」

范統在惱羞成怒的情況下，終於抓出攻擊的符咒。想做出潑水的效果其實十分簡單，只要在施用符咒的時候做點修正就可以了，也不可能傷及珞侍的性命。既然如此，他便毫不客氣地將符咒擲出，發動了符咒效果。

馭水咒！

融合法力的符力輸入符咒中後，范統成功將這張符以不具殺傷力的模式施放出來，並結合了噗哈哈哈的加強威力，讓朝著珞侍而去的馭水咒，化為……一片席捲半場的大海嘯。

在這片海嘯般的水牆快速捲去的時候，范統傻眼之餘也已經來不及叫停，於是，珞侍連同位在他身後的那群人通通被大海嘯就這麼蓋了過去，堪稱滅頂性的災難。

「嗚啊！」

由於水牆撞擊的威力有點大，驚呼聲中，那些坐著的人甚至被往後捲了一段距離，十分狼狽。因為坐在相反方位而沒被捲入的人，只有月退跟天羅炎，維持戰鬥中警戒的珞侍則勉強撐住了站姿，無奈地看著自己手上來不及施放的符咒。

啊……糟糕，這下子……

「范統！你怎麼可以打觀眾！」

第一個火大喊出聲音來的人是璧柔，雖然身為護甲的她就算被有攻擊力的水牆命中應該也不會怎麼樣，但圍觀卻被狠狠潑水的感覺還是很差。

「本來想睡的，現在都醒了……那爾西你還好吧？」

「一點也不好。」

修葉蘭苦笑著慰問了身旁的那爾西，那爾西則一面解下徹底溼掉的披風，一面沒好氣地回了一句。

「這是在打什麼，神兵不會用就不要亂用啊！」

剛剛緊急把劍插到地上固定，以免被海嘯捲走的伊耶，撥開溼掉的瀏海時相當憤怒。旁邊奧吉薩沒有開口，默默回頭看了一下，似乎只有他注意到雅梅碟被捲到很遠的地方去了。

「啊，嚇得我差點變回劍，這個挺好玩的啊？」

全場沒在生氣的人只有音侍，他身側的違侍則在草地上不斷地摸索。

「可惡……眼鏡哪裡去了？代理侍！以下犯上，你知不知罪！」

而同樣遭受波及的綾侍在這個時候站起來走入場中，衣服都還在滴水的情況下，范統幾乎可以由他面上美麗的微笑中看出怒火。

「攻擊觀眾，不用比了，代理侍落敗，活動到此結束。好了，打輸的人開始吃吧？還好食物放在另一邊，都沒事呢。」

什麼——就這樣算我輸了嗎！

『本拂塵對你無話可說。回家記得跪算盤。』

就說家裡沒算盤了！你們這堆金線三紋和黑色流蘇為什麼連區區一個沒有殺傷力的馭水咒都擋不住！被捲走怪我囉！

『就是因為沒有攻擊力才擋不住，范統你這個白痴。沒有殺傷力的水就只是水而已，你有聽過看人打架還設滴水不進的結界？都是擋具殺傷力的法術好不好？』

原來是這樣？怎麼會這樣！那剛剛珞侍潑我的那些水呢？

『他有控制好範圍跟距離，碰到那些人之前就消失了，哪像你。』

……范統對這樣的結果感到無話可說。事到如今，也只能收拾心情加入戰敗者的隊伍，前去吃剩菜了。

「那爾西，哥哥必須去吃黑暗鍋，幫不上你的忙啦……那邊那個鬼牌劍衛，你真的不幫我弟吃一點嗎？雖然你是代打，但身為一個男子漢，打輸了也要負點責任吧，你真的不吃嗎？你真的不——」

「閉嘴！修葉蘭！雪璐也會幫忙吃！」

「閉嘴！沒看到我要吃了嗎！」

「唉，雖然我不需要攝取食物，但輸了就是得吃呢……對了，你們有沒有人要去把九百萬撿回來？他不是也要吃？大叔，你覺得呢？」

「……」

「我吃完再去找眼鏡吧……」

而先一步跑來吃音侍煮的黑暗鍋的范統，在吃了一口以後感到驚奇。

「唔？其實還挺難吃的耶！」

「真的嗎？范統，那我陪你一起吃好了，反正現在也沒事做。」

打贏的月退基於友情也靠過來和范統分食，與後來就位的修葉蘭一起吃了這鍋料理。

然後三個人回去都拉肚子拉了一個晚上。

音侍煮的食物果然還是不能碰。有了這樣的經驗，珞侍便下令明年不准音侍再提供食物了——靠著少數人的慘痛犧牲換取這樣的成果，對其他人來說，也算是可喜可賀吧。

The End

✣神器家族的世界觀小茶會

古色古香的涼亭內，瀰漫著清爽的茶香。閒適的午後，待在此處品茗，本該是一件悠哉又愉快的事，偏偏坐在這裡的五個人裡面，有四個人不具備這樣的雅興。

「我們今天聚在這裡，是為了什麼事情啊？」

看著正在煮茶的大姊，安提茲困惑地問了一句。

「一定是要毀滅世界吧！也只有這種等級的事情才會需要我們聚在一起的！」

沒等西諾蕾恩回答，沉月便搶著回答，同時十分期待地湊到她身邊。

「姊姊！妳一定已經擬定好周詳縝密的計畫了吧？需要我們做什麼？」

而西諾蕾恩的反應則是舉起手來直接往妹妹頭上敲下去，惹來妹妹一聲驚叫。

「誰跟妳說要毀滅世界了！只不過是要做個簡單的世界觀介紹，同時好久沒見面所以聚一聚，順便了解一下你們的近況而已！」

「好痛……姊姊妳的手也太硬了……」

即便自己也是護甲，沉月仍在被西諾蕾恩敲了頭之後眼泛淚光。

「我已經手下留情了好嗎？妳先說吧，最近過得怎麼樣？」

在姊姊強勢的態度下，沉月雖然不滿，還是老實回答了問題。

「最近哪有怎麼樣呢，還是老樣子啊，就被幻世的人關在那個祭壇裡面，姊姊妳不是也知道嗎？不過還好我找到了哥哥，哥哥每隔一陣子就會來陪我，目前的日子比以前好多了。」

「本拂塵只是配合主人的希望，每隔一陣子就換個地方睡覺而已，那不叫做陪妳，少在那裡亂說。」

一聽完沉月說的話，坐在旁邊打瞌睡的噗哈哈哈便不悅地反駁了一句。

「哥哥你在說什麼呢，不要再被那什麼主人迷惑了，他哪配得上你！」

沉月急切地拉著噗哈哈哈，希望他將自己的話聽進去，但這樣的話她也不曉得說過多少次了，從來都沒有效果。

「普哈赫赫，你呢？最近過得如何？」

西諾蕾恩在無視沉月後，便轉向噗哈哈哈，詢問起他的近況。

「本拂塵沒有義務回答一個護甲的問題。」

「……好啊，翅膀長硬就想飛了？聽說你成天睡覺睡到連自己是誰都快忘記，想必你也不記得以前是怎麼被我甩著打的吧？身為纖細武器的你想吃十記姊姊憤怒的鐵拳嗎？我相信這一定能喚醒你的記憶。」

西諾蕾恩重拍在桌面上的手掌看起來殺傷力十足。儘管噗哈哈哈看起來很想嘴硬堅持立場，但沉月可見不得他被打。

「哥哥的近況有什麼好提的？不就是跟我在一起嗎！」

「彌洱鈴！妳給我醒醒！他是絕對不會有這種近況的！」

「沒跟我在一起的時間一點也不重要啊！」

由於剛才西諾蕾恩喊了沉月的本名，噗哈哈哈皺皺眉頭，似乎想起了些什麼。

「原來煩死人的妹妹是叫這個名字，我就說我不記得什麼沉月。」

「你怎麼可以到現在才想起來！」

此時，忽然之間覺得想從這個弟弟口中問出什麼根本是浪費時間的西諾蕾恩，終於決定不要管他，直接看向剩下的兩個人。

「安提茲、安提勒斯，你們呢？近況如何？」

已經開始恍神的安提茲一聽見她的問題，便給了個簡略的答案。

「我現在在迴沙的南面，住在皇宮裡，每天的工作是替人送飯……一言難盡。」

「我現在……」

一旁的安提勒斯則是講了個開頭，進入停頓，接著便再也沒說下去。

「安提茲，你怎麼跑到那麼遠的地方去！在皇宮裡替人送飯？做這種事情對你來說有什麼好處啊？」

西諾蕾恩先是質疑了安提茲的狀況，接著又追問起安提勒斯。

「你怎麼不說了？」

「大姊，不是要介紹世界觀嗎？雖然聽不懂這是什麼意思，但應該比追問我在皇宮帶小孩的生活重要吧。」

安提茲顯然不想詳談他那一言難盡的近況，安提勒斯則雙眼開始失焦。

「我好想念安提茲……」

「他就坐在你隔壁。」

「我很想……跟安提茲說話……」

「他就坐在你隔壁。安提茲，你不能跟他說句話嗎？他看起來一副要斷氣了的樣子啊！」

在西諾蕾恩這麼問之後，安提茲冷淡地看向了旁邊的安提勒斯。

「喔。他想念我，想跟我說話，我知道了。」

「什麼叫做你知道了？你的半身說他很想你耶！」

「他很想我，這和我有什麼直接關係？我要負責嗎？」

「你這是什麼話！你們是一對的武器，你怎麼說得好像自己和他毫無關係一樣？」

西諾蕾恩問到這裡，安提勒斯總算鼓起勇氣轉向了安提茲。

「安提茲，你……」

他開了個頭後再度停頓，好半晌才悶悶地說下去。

「我想跟你說話，但不知該說什麼……」

「那就不要說吧。」

「安提茲！你也跟普哈赫赫一樣沒有兄弟姊妹的意識嗎？」

大姊即將暴怒的情況，安提茲搖了搖頭。

「沒有這回事，我很尊敬大姊您。不過兄弟姊妹……對我來說他算是哪一個？都不是吧？」

「安提茲……」

聽了這句話，安提勒斯總算露出委屈的表情，彷彿有點受傷。

「有事嗎？」

安提茲毫無反應。

「算了算了，我不管你們了，那麼就一人負責一個部分，來進行世界觀的簡介……在這之前，你們是不是都遺漏了一件事？」

因為西諾蕾恩說這句話的語氣很嚴肅，在場的四個人都看向了她，但沒有人知道她指的是什麼。

於是她哀莫大於心死地看向了旁邊。

「你們沒有人要問問我的近況嗎？我是不是根本不該期待你們會關心我？」

「誰會關心一個護甲的生活啊？」

「大姊一定過得很好，不用問也知道呀。」

噗哈哈哈跟沉月相繼發言後，安提茲補上了最後一擊。

「所以……大姊問我們近況是因為希望被問嗎？」

「——平常怎麼不見你這麼靈光啊！不是都聽不懂別人在說什麼嗎！」

而在茶水已經準備好的情況下，介紹世界觀的小茶會便正式開始。

幻世

「我是靈結鏡沉月，負責簡短介紹幻世相關的幾個名詞……姊姊，這個字太難了，我不會唸啊。」

沉月拿著西諾蕾恩發的稿子，原本打算要照著唸，沒想到才沒唸幾句就遭遇了看不懂的字，只能困擾地看向自己姊姊。

「算了，那妳就別唸稿子，先說明一下『幻世』吧。」
「幻世是我的天下，那裡的人都是我的奴隸！」
做出這種回答的沉月當然免不了被西諾蕾恩敲頭的命運。
「不看稿子不代表妳可以亂介紹啊！安提茲，你示範看看！」
「好痛——姊姊為什麼又打我！」
被點名的安提茲露出了困惑的表情。
「大姊，我可不知道幻世是什麼東西。」
「什麼？你消息為什麼這麼不靈通！」
西諾蕾恩錯愕地質問完，也不等安提茲回答，便轉而詢問安提勒斯。
「安提勒斯，那你呢？」
「我不關心那些事情……」
若想找個會開口回答問題的人，找安提勒斯，顯然就是選錯對象了。
看向一旁已經直接趴在桌上睡覺的噗哈哈哈，西諾蕾恩不得不重新面對她的妹妹。
「彌洱鈴，妳再試一次，用客觀一點的說法介紹。」
由於姊姊此刻的笑容溫柔得讓人感到害怕，沉月只好乖順一點將剛才棄置的稿子撿回來，試圖做好這個工作。

「幻世分為兩個環境風俗相異的國度，分別以東方城和西方城為首。如今在中線劃分領地，彼此為敵對狀態。

東方城與西方城的面積十分廣大，人民居住地也多集中在城內，城市範圍以外的地點過了某些區域後多半有危險生物或是虛無空間，不宜人居，不過也有些較為特殊的人離群索居，自有其生存方法。

在『沉月』被發現、開啟後，引進的其他世界靈魂，成為幻世的新血。

這個世界的人，是為原生居民。而透過『沉月』的通道到來的人，是為新生居民。」

稿子上的內容大致上是普通人對幻世的理解，不過用這種第三人稱的口吻提到自己，感覺還是很怪異。

「這樣不是很好嗎？來，繼續說明什麼是『沉月』。」

西諾蕾恩對沉月的表現很滿意，但她一問出下一個問題，沉月原本的乖巧表現就破功了。

「沉月不就是我嗎！」

「用普通人的角度介紹！姊姊的鐵拳揍人的時候可是不分男女的喔？」

相較於嘴硬的噗哈哈哈，沉月可沒那麼想討打。因此雖然覺得委屈，但她還是拿起稿子照唸了下去。

「法器名，實體為一面縈繞著奇異光采的寶鏡。由數代之前的東方城女王與西方城皇帝共同發現，東方城女王將之命名為沉月，象徵著對無法在一起的愛人的思念。

東方城女王與西方城皇帝共同啟動使寶鏡運轉，造出接引其他世界的亡者靈魂來到這個世界的通道，連帶著創立出屬於這些外界靈魂的維生系統。」

儘管她唸得乾巴巴的，但只要有將內容正確交代出來，西諾蕾恩就會滿意。

「原來姊姊跑去當新世界的神了啊？」

旁聽到這裡，安提茲看了看沉月，發表了這樣的感想。

「你才知道！我可是很厲害的，哪像你跑去南面也只是在那裡帶小孩，我真不敢相信你這麼沒有出息！」

「怎樣才叫有出息呢？像哥哥那樣整天睡覺？我在那邊一樣也整天睡覺啊。」

「就算一樣在睡覺，他睡的覺也一定比你有意義！」

「我睡覺是在養傷，哥哥睡覺是在做什麼呢？」

安提茲這個問題是直接看著被吵醒的噗哈哈哈問的，於是噗哈哈哈十分不爽地瞪向了他。

「沒主人的武器談什麼出息？」

被問到這樣的問題，安提茲瞬間無話可說。

「不要吵了！繼續介紹下一個項目！普哈赫赫，這部分就你來吧！」

由於真的只是簡短的介紹，西諾蕾恩沒再繼續要求沉月詳細介紹幻世的其他名詞，便直接切換了單元。

「本拂塵為什麼要配合這種愚蠢的活動？」

「你連自己是怎麼被抓來的都不知道吧！乖乖做完介紹我才要放你回去，你不想再見到你主人了嗎！」

「……」

裡界

「本拂塵是世界上最偉大的拂塵，現在要來介紹裡界。」

噗哈哈哈在自我介紹上相當隨興，唸稿子的時候神情也透著一股不耐煩之感。

「裡界是幻世對這個世界使用的稱呼，世界名實為『迴沙』。

分為北面與南面，連結幻世的是北面。北面與南面中間隔著『世界之牆』。

地理環境不佳，難以自行生產足夠的生活資源，少數氣候優良的區域由當權者控管。

在『天穿之日』前，北面發生一連串的動亂與暴行，大量的匠師遭到拘捕通緝，其中多數遇害。

『天穿之日』後，北面條件性地以技術和器物，換取幻世輸入的糧食物資，以使缺糧嚴苛的狀態得到緩和。」

雖然他態度不佳，但至少唸得有模有樣。大概是覺得快點做完儘早結束，就可以不必繼續待在這裡浪費時間。

「很好，那麼也介紹一下天穿之日吧？」

「北面居民對神器瀰洱鈴以力量貫穿出通往幻世的通道那一日的稱呼，指稱連通迴沙（裡界）與幻世的通道出現的事件。」

噗哈哈哈的介紹可說相當有效率，因此西諾蕾恩便多問了幾句。

「說說看瀰洱鈴為什麼會做出這種事情吧。」

「上面又沒有寫這個。」

噗哈哈哈一副上面沒寫他就無法回答的態度，這讓坐在旁邊的沉月不太能接受。

「哥哥，你怎麼可以忘記？你真的忘記了嗎？你一直都沒有想起來嗎？」

「本拂塵聽不懂妳在說什麼。」

「這句應該是我的台詞吧，哥哥你怎麼拿去用了……」

安提茲碎碎唸了一下。

「誰規定這句話只有你能說？」

「是沒人這麼規定，你愛用就用。」

安提茲完全沒有和噗哈哈哈爭執的意思，西諾蕾恩也失去了找噗哈哈哈麻煩的興致。

「算了，放過你。安提茲，那麼南面的介紹就交給你囉？」

「喔。」

迴沙的南面

「我是冰劍安提茲，要介紹迴沙的南面……為什麼我沒有稿子？」

安提茲才剛做完自我介紹，就發現事情有點不太對勁。

「啊哈哈哈，因為在世界之牆出現後，姊姊也不知道那邊是什麼狀況，所以無法擬稿子給你唸啊。」

西諾蕾恩尷尬地打哈哈帶過了這個問題。

「好吧，那妳要我介紹什麼？」

「你可以先講講南面的狀況啊。」

得到這種自由發揮的題目，安提茲顯得十分困擾，但還是簡略地講了一下。

「自從世界之牆出現在迴沙的中央後，迴沙就被切成北面和南面。由於兩邊幾乎是完全隔絕的狀態，名詞與文化發展自然也完全不同，比方說世界之牆就是北面的叫法，對於那片阻隔南北的東西，南面的人稱之為世界裂口。」

手中沒有稿子的安提茲介紹得還算有模有樣，西諾蕾恩也對他點了點頭。

「這麼說來，你是怎麼混進皇宮的？」

「我蠱惑了皇帝，然後……大姊，妳是在問八卦還是要我介紹？」

「姊姊只是有點擔心你走偏了啊，那個皇帝知道你是武器嗎？」

「他當然不知道。南面的器物知識水平比較落後，不曉得有的器物可以變成人。」

「那姊姊就更擔心你了啊！你到底是去幹嘛的！」

「比起擔心我，姊姊也許更需要擔心別人吧。」

安提茲說著，也瞥了因為完全不開口而毫無存在感的安提勒斯一眼。

「你這孩子怎麼這樣呢！姊姊在關心你的時候你扯開話題做什麼？」

他們談話談到這裡時，噗哈哈哈的耐心似乎已經到達極限。

「你們是要聊天聊多久？本拂塵為什麼要在這裡聽你們廢話啊？」

然而在這種時候提出質疑，並不會讓閒聊減少，只會將自己也扯進閒聊的圈子裡。

「要回主人身邊這件事，真有這麼重要？」

身為沒認過主的武器，安提茲一點也不明白所謂的主人到底有什麼重要性，重要到可以讓他這個六親不認的哥哥如此在乎。

「除了這件事，還有哪件事重要啊？」

噗哈哈的立場則與他完全不同，對他來說，武器就是該只有「自己」跟「主人」，因此在這件事情上，他完全無法跟安提茲溝通。

「所以……你很喜歡你的主人？」

安提茲只能得到這樣的結論，豈料噗哈哈錯愕後又露出了嫌惡的表情。

「什麼啊，范統那個好吃懶做的傢伙，要本拂塵喜歡他，還早得很！」

「到底是喜歡還是不喜歡啊？」

「關你屁事。」

「不要吵架！你們不要難得講個話就像要吵起來的樣子！」

此時西諾蕾恩介入，強勢地要求他們好好講話，然而這種要求噗哈哈是不會理會的。

「是他自己來招惹我的，妳講不講道理啊？」

「我沒有招惹你的意思，我偏好和平。」

「偏好和平的武器是什麼可笑的東西？」

「應該是你在招惹我才對吧，你的用詞明顯充滿攻擊性。」

「我有什麼理由好好跟你說話？不過是個——」

他們講到這裡，西諾蕾恩已經忍不下去，直接按著他們的後腦就往中間一推，身為武器的噗哈哈和安提茲頓時在彼此的額頭劇烈撞擊的情況下眼前一黑，失去了幾秒的視覺。

「就告訴你們不要吵架，是沒聽清楚嗎！一定要逼我動手就是了？」

剛撞完頭的兩人此刻當然無法回答她的問題。好不容易疼痛的感覺緩過來，安提茲睜眼時發現噗哈哈有根頭髮和他的纏在一起，當下便反射性地伸出手指以劍氣切掉——

而這個危險的動作使得噗哈哈瞬間瞪大眼睛顯露出殺意。

「果然當初就該殺掉你才對！武器才沒有什麼兄弟，早在你叫我拖把的時候你就應該去死了！」

話一說完，他就動手了，安提茲當然也不是會坐以待斃的人，交手的瞬間轟然巨響，現場要是有什麼普通生物，多半會直接化為灰燼。

「想宰了我也得有足夠的實力，哥哥。」

「不要叫我哥哥！誰是你哥哥！」

在兩把神器認真戰起來的情況下，西諾蕾恩只能拉著安提勒斯和沉月先撤出涼亭，並對這無法收場的局面感到無奈，有種對自己的弟妹實在力不從心的感覺。

「你們這些人！根本無法教育！沒有救了！」

她那副痛心疾首的樣子，讓沉月覺得自己很無辜。

「打起來的又不是我們，姊姊妳為什麼要對我們說呢？」

「我要走了！今天就到此結束，反正也介紹得差不多了，大家就各自解散，不要管他們！」

西諾蕾恩就這麼決定了就地解散，這時安提勒斯低低開了口。

「我可以再跟安提茲說一句話嗎……」

「別傻了，你現在進去，應該會死無全屍吧！反正你也不知道要跟他說什麼不是嗎？」

沉月看向這個弱不禁風的弟弟，忍不住出言勸阻了他。

「下次見面就不知道是什麼時候了……」

「反正我們一家見了面就是會毀滅世界，沒這個計畫就不要見面啦！」

這大概是沉月今天講出來最有道理的一句話，西諾蕾恩也沉痛地點了點頭。

至於把涼亭拆了的那對兄弟要破壞多少東西才要收手，那恐怕又是一段讓人不忍面對的故事了……

The End

【愛藏版】沉月之鑰 第一部後記

大家好，我是水泉。很高興能在愛藏版的後記與大家相見，由於天使版的後記很多都是配合當時與當下的內容，如今年過三十心境有不少變化，就沒有將原本的後記完整放進來。當時的一些解析與生活中的趣味雜談，有些現在看起來還是很有趣，其中也看到與我母親相關的內容，看到的時候，心裡實在又懷念又感傷。

雖然天使版的後記沒有完全保留，但我還是擷取了一小部分融入愛藏版後記中。

想當初構思並創作這個故事時，我還是個大學生，每天兩小時通勤時間中聽音樂找靈感，再扣除吃飯睡覺洗澡需要的時間，剩下的時間我幾乎全部投注在寫作上，所以天使版的卷一才能只花十五天就寫完，卷二則是花了十九天，這對現在的我來說，真是難以想像的速度，忍不住想誇一下當初的自己，年輕人就是有衝勁啊！連睡覺都睡得很少！

其實當初我的稿子進度都比實體書多一到兩本，我覺得沒有智慧型手機分散注意力是很重要的因素，自從嚴重3C中毒，整個世界就不一樣了，當然，過了二十年，速度退步也在情理之中，而無論如何我都很感謝靈感大神讓當時的我與這個故事結緣，《沉月之鑰》這個陪伴了我最久的系列，無疑在我的生命裡占據了很重要的位置。

在此先預告一下，第二部的卷末我重修過，增加了一個章節與許多情緒轉折時的細節，加寫了一萬六千字左右。出版後也會在線上發放免費索取的小番外感謝支持過天使版第二部卷末的讀者，敬請期待。

天使版卷四的篇名〈流痕〉，意思大概是「時光流逝也無法帶走的痕跡」，或者「時間洪流中殘存下來的傷痕」。這是天使版後記說過的，也移到這裡再說一次。

過年送禮是誰送給誰的部分也同樣整理一下給大家：

修葉蘭↓范統↓伊耶↓璧柔↓綾侍↓違侍↓修葉蘭

艾拉桑↓珞侍↓音侍↓雅梅碟↓奧吉薩↓艾拉桑

那爾西↓月退↓噗哈哈哈↓那爾西

最後，就用天使版卷外後記的一段話作為結語吧。

構思卷外劇情時，我屬意的名字出現了三種變形，分別是晝夢、話夢跟化夢。無論是化為夢境的意境、談論共有的夢的清閒，還是以手畫下屬於每個角色、一個又一個的夢，對我而言那樣虛幻美麗的感覺都很吸引我，最後我選擇了「畫夢」，並在下部寫下構思已久的結局。

這個結局可能不是輕鬆歡樂的，而我的心情是與結局同步的。若要問我為什麼完結之後常常還繼續寫相關的故事，我的答案大概也就是這句話。

也許是因為，捨不得吧。

捨不得已經深深喜歡上的角色與氛圍，捨不得再也見不到他們，捨不得跳脫出故事中的情感，前往另一段新的旅程。

後記的尾端附上我的噗浪、ＦＢ粉專跟ＢＬＯＧ，對《沉月之鑰》以及我的其他作品感興趣的話，可以考慮追蹤看看，不過上面不時會有BL同人本的連載，先提醒大家一下。

噗浪：https://www.plurk.com/suru8aup3

ＦＢ粉專：https://www.facebook.com/suru8aup3

ＢＬＯＧ：https://suru8aup3.blogspot.com/

水泉

國家圖書館出版品預行編目 (CIP) 資料

沉月之鑰．第一部（愛藏版）/ 水泉作．--
初版．-- 臺北市：臺灣角川股份有限公司，
2024.01-
　冊；　公分

ISBN 978-626-378-301-0(卷 1：平裝). --
ISBN 978-626-378-302-7(卷 2：平裝). --
ISBN 978-626-378-303-4(卷 3：平裝). --
ISBN 978-626-378-304-1(卷 4：平裝). --
ISBN 978-626-378-305-8(卷 5：平裝). --
ISBN 978-626-378-306-5(卷 6：平裝). --
ISBN 978-626-378-307-2(卷 7：平裝). --
ISBN 978-626-378-308-9(卷 8：平裝)

863.57　　　　　　　　112017496

【愛藏版】

沉月之鑰

第一部・卷八

作者　水泉
插畫　竹官

2024年1月25日 初版第1刷發行

發行人　台灣角川股份有限公司
總監　呂慧君
編輯　溫佩蓉
書衣設計　單宇
設計主編　許景舜
印務　李明修（主任）、張加恩（主任）、張凱棋

台灣角川

發行所　台灣角川股份有限公司
地址　104台北市中山區松江路223號3樓
電話　(02) 2515-3000
傳 真　(02) 2515-0033
網址　http://www.kadokawa.com.tw
劃撥帳戶　台灣角川股份有限公司
劃撥帳號　19487412
法律顧問　有澤法律事務所
製版　尚騰印刷事業有限公司
ISBN　978-626-378-308-9